良寛 貞心尼　こころの唱和

渋谷　ひとし

これは、良寛と愛弟子　貞心尼が詠み交わした四十数首の歌を基にしたフィクションです。

七十歳になった良寛は、座禅を終えてもいつになく落ち着かない気持ちでいた。「また座禅をしようか。いったい今日はどうしたというのか」。この秋の清澄な空気にふさわしくない心の揺れの原因を知ろうと自分に何度も問いかけたが、ふうわりとした何かを含んだ空気がゆっくり自分に向かってくるような感覚を自覚するだけで、納得する答えは見いだせなかった。

数か月前、貞心という尼僧がこの島崎の木村家を訪れ、手毬と歌を託していった。「若い尼さんでしたよ」と、木村家の内儀が言った。良寛は別院に仮寓していて留守だったが、萩の花の咲く頃戻ってそれらを受け取った。その繊細で美しい刺繍の施された手毬を横目に、歌を声に出して読んでみた。

これぞこの仏の道に遊びつつ　つくや尽きせぬみのりなるらむ

注：みのり（御法）→仏法

流れるような調べに違和感はなかったが、一種の含みのある内容に戸惑いを感じた。これまで歌で仏法の問いかけを受けたことがなかったわけではないが、「あなたの手毬は仏法修行の一環なんですよね」と問いかけてくる真の意味を図りかねた。ただ不快な思いはしなかった。むしろ才知あふれる闊達な尼僧が想像された。返歌はすぐにできた。

つきてみよひふみよいむなやここのとを　十とおさめて又始まるを

何も考えることはない。ともかくついてみることです。良寛にとって子どもたちとの毬つきを修行と思ったことはない。子どもたちの喜ぶ顔を見るのが楽しいからやっている。それだけのことだった。「あなたもどうぞ」と呼びかけた、その礼状と返歌を貞心尼に送り、今日はいよいよ貞心尼の訪問を受ける日となったのだった。

話し声が大きくなって人が近づくのが感じられた。良寛は母屋の座敷住まいを固辞して木村家の納屋に住んでいる。建付けのよくない戸が音を立てて開かれて、内儀に連れられた貞心が神妙に立っていた。尼僧の様子は以前から聞いていたが、これほどまで若いとは思わなかった。実際、良寛とは四十の年の差があった。良寛は思わず「あ！」と言ったきり声が出なかった。代わって内儀が着座を促した。しばらくして内儀が去っても、良寛は何を話してよいやら言葉が見つからず黙ったままだった。うつむいていた貞心の目の端に棚の上の手毬が目に入った。貞心が贈った手毬だった。「手毬はいかがでしたか」と、貞心が口を開いた。「もったいなくてまだついてない」。良寛がはにかみながら笑った。「ゼンマイをたくさん入れたのでよく弾みますよ」。「それじゃついてみようか」。「ぜひついてみせてください」。良寛は立ち上がって手毬を取ってくると立ち膝になりつき始めた。「これはよい手毬だ。もう止まらないよ」。良寛が手元を見たまま笑った。「よかった」。貞心もつられて笑った。再び向き合った時には、二人ともすっかり打ち解けて、もう何年も前からそうして座っているような気持ちになっていた。

間もなく貞心に歌が生まれた。

君にかくあひ見ることのうれしさも　まださめやらぬ夢かとぞ思ふ

貞心は自分の物語を話し始めた。「子どもの頃の一番の思い出は、柏崎で初めて海を見て、将来このようなところで、何もしないで本を読んで暮らしたいと願ったことでした」。以来、その願いは心の中の伏線として存在していることを、貞心は今も感じていた。良寛こそ出雲崎の海端に生まれ海との縁は深いはずだったが、貞心の海について話すのを時折頷いて聞いているだけで自分の話はしなかった。ただ、「瀬戸内の海と出雲崎の海は同じ海でもまったく違う」と、視線を遠くしてつぶやいた。貞心は、良寛の修行僧時代の話を尋ねてみたかったが、すぼめた口がなかなか開かないのを見て、自分の物語を続けた。

貞心は尼僧になったいきさつを話した。長岡藩士の娘として育った貞心は、本名を「ます」といって、十四歳になると長岡城に御殿奉公をするようになった。城で来客などの案内をしている時、御殿医に同行した弟子と目が合った瞬間、胸がときめくのを感じた。それからの貞心は、医師がやってくるのを心待ちにするようになった。医師は定期的にやってくるが、いつも同じ弟子がついてくるかどうか貞心は知らなかった。また会えても言葉を交わす機会はなかった。そんな出会いが続いたある時、貞心は懐紙に認めた自作の歌をすれ違いざまに渡すという、思い切った行動に出た。それが何を意味するのか、それぞれの受け止めは違った。男は家に帰っても動悸が静まらなかった。そしていつも自分を見つめていた女の視線を想った。女には憧れがあった。城での生活は当初は物珍しさもあったが、慣れるに従い窮屈さを感じるようになっていた。大好きな本を読んだり、歌を詠んだりといった時間は、忙しさの中に埋もれてしまった。時折訪れる漢方医の主従は、いわば外部へ開いた窓であった。

「ここから出たい。このままお城にいても父の同僚藩士の跡取りに嫁がされるだけだ。

その先は子作りを期待され、読み書きからは一層遠ざかるだろう」。世の習いとして近未来は容易に予測できた。受け止め方は違ったが、運命の歯車は二人の結婚に向け回り始めた。

結婚までにはいささかの曲折があった。貞心は下級藩士とはいえ武家の娘であり、男は一介の見習い漢方医であった。身分違いという周囲の指摘があった。貞心はそのような非難を向けられるとかえって意固地になった。「今は見習いだけど、御殿医の養子なんだからいずれお城に上がるわよ」。根拠のない理屈で自分と周囲を説得し結婚に漕ぎ着けた。十六歳であった。生まれ故郷の長岡から南へ下り、嫁ぎ先の小出島村に入った。里山に囲まれた静かな村で好感が持てたが、心の隅では海から一層遠ざかったことも感じていた。

小出島での八年間、貞心は一生懸命、夫に仕えた。当初は村の行事など楽しいこともそれなりにあったが、夫は薬草探しや調合の研究に夢中で、貞心に関心を払うことはいつしかなくなっていた。

貞心も夫の出世の夢に同化することのできない自分を感じ始めていた。「自分は歌は詠めないからと言って、お返しに簪《かんざし》をくれたのが、随分昔のことのような気がする」。貞心は読書や作歌をする時間があったことはうれしかったが、夫の留守にそのようなことに勤しむことにはどこか後ろめたい感じが拭えなかった。張り合いといえば、近くに住む絵のうまい青年と文学や書の話をすることだった。「私の顔を描いてくれたんです。うれしかった。決して好いていたとかいうんじゃなくて、同じ種類の人間だなって思っていました」。

しかし、青年との出会いが重なると本人たちの知らないところで噂が立った。それが八年続いた夫婦関係を解消する表向きの理由となった。ただ貞心は、八年の歳月の中で自分の人生を見つめ続けていた。「自分とは何なのか。どう生きれば自分といえるのか。最後の二年間はそればかり考えていました」「結局、小出島には海がないのです。自分らしさを引き出してくれる伴侶は海しかないのです」。

良寛は背筋を伸ばして貞心を半眼で見つめていた。今は秋だというのに心地よい春風の中にいるような気分であった。良寛は、傍らにあった筆を執って返しの歌をそっと貞心に渡した。

夢の世にかつまどろみて夢をまた　語るも夢もそれがまにまに

注：まにまに→事のなりゆきにまかせる

貞心はとっさに意味を解しかねたが、良寛が心地よく自分の話に耳を傾けてくれているのを察して感動した。「あの良寛様が私の目の前で、私の話をじっと聞いてくださっている」。

貞心はこのような身の上話を他人に話したことはなかった。それが良寛の前では包み隠さず何事も話せることに自分でも驚いていた。貞心は続けた。「海の見えるところで尼になるしかないと思い込むようになりました。それで思い出のある柏崎の寺に入ったのです」「仏の道がどういうものか、そのための修行がどんなものか見当もつきませんでしたが、ともかく海と一緒ならなんとかなるような気がしていました」「仏にすがるという感覚でもなく、夫を捨てる自分の心に責任を持てなければ、自分はもう何者でもなくなるだろう、そのための道を探るといった思いでした」。

小出島を去る前の数か月は精いっぱい夫の顔が立つように尽くしたが、別れの朝、夫はいなかった。毎日眺めていた藤権現山に別れを告げて立ち去ろうとしたら、絵描きの青年がいつもの辻で貞心を待っていた。特に交わす言葉もなかったが、絵を渡してくれた。何枚目かの貞心の顔だった。

貞心はふと茶道具が運ばれたままになっていることに気づいた。その視線をたどって良寛がつぶやいた。「私は人をもてなすのが苦手なので…」。二人は顔を見合わせて笑った。貞心は柏崎の寺での修行について話を続けた。当初予定した寺とは異なって姉妹が庵主を勤める尼寺であったが、身の置き場所を急ぐ気持ちが高ぶり、剃髪に至るまでにさほど時は置かなかった。「海に近ければどこでもよいと思いました」。そこでの修行は厳しかったが、「辛いとか思ったことはありません。あれもこれも仏道修行と思っていました。何もわからず飛び込んだのですから」。

修行は七年に及んだ。「七年の間に家々を回る托鉢もしました。堂の掃除、洗濯などの身辺雑事もこなしました。もちろん毎日座禅もしました。経典も読みました。ただそれで何かすっきりしたかというとそのようなことはなく、まして悟りを得たなどという心境に達したことはありません」「托鉢の途中、番神岬の海に向かって、私はこのままでよいのか、私はどうすべきなのかと問い続けましたが、何も答えてくれません」「私は悟りを得られる人間ではないのでしょうか。修行が足りないのでしょうか」。

興奮気味の貞心と対照的に、良寛の言葉はゆったりとしてよく響いた。「悟りを得られない人物というのは、人交わりがまずく、怠け者である私のような者をいうのだろう。あなたは決してそういう人ではない」。「経典の解釈が及ばないのでしょうか」。「経典をいくら解釈しても仏教を理解したことにはならない」。「それでは座禅が足りないのでしょうか」。「座禅だけが座禅ではなく、掃除も洗濯もすべて座禅であり修行です。あなたは十分に行っています」。「良寛様は手毬をつくことも修行の一つとお考えなのでしょう。私の修行の方法が間違っていたら教えてください」。

良寛は恥じらいを含んだ笑顔で立ち上がり、部屋の隅から隅に歩きながらこう言った。「子どもたちと毬をついてゆったり過ごすのは楽しい。私より毬つきの上手な者はいない。修行の一つという意味がわからないが、悟りの道にもともと定まった方法などありません。方法を意識的に求めようとするとかえって求められないものです。確かに毬をついて、一二三四五六七と何度も繰り返していると、尽きることのない仏心を想うことはあるが…」「ところであなたは何のために修行するのですか」。

貞心が目をあげると良寛がじっと見つめていた。高い背はより高く、眼差しが一瞬鷲のように鋭く光った。貞心はたじろいだが、「今ここでこの問いに答えられなければ、ここに来た甲斐がないのだ」と、自分に言い聞かせた。実は、貞心は良寛の教えを乞うため、姉妹師匠を捨て、柏崎の海も捨てて、実家に近い福島村の閻魔堂に移って、良寛に会う機会をうかがっていたのだ。「わからないのです。自分はどこから来てどこに行くのか。自分は何をすれば自分でいられるのか。自分自身とは何なのか」。貞心は少しうつむいて押し殺した声で言った。良寛はいつの間にか、ゆったりと貞心の前に座っていた。

「自分というものにこだわっておいでなのですね。あまり自分の考えを持とうとしないのがよいかも知れませんよ」。「よくわかりません。自然のままに生きろということでしょうか。自分は何者なのか自問自答する毎日です」。「あなたに比べたら生来ものぐさで、毬をついて一日暮らしている私の生き方はどうでしょう。人は笑ったり、嘆かわしく思ったりしていることでしょう。しかし、私はこの自然に任せた生き方に満足していてやめられないのです」。

貞心は意を決して言った。「私をぜひ良寛様の弟子にしてください」。良寛はゆっくりとではあるが、はっきりとした口調で告げた。「私は誰とも師弟の関係を結ぶことはありません。ただ二人で釈迦の弟子になりましょう。釈迦の前に誓いましょう。これから二人で強い意気込みを持って法の道を求めますと」。貞心の顔にほっと安堵の笑みがこぼれた。炉の火はすでに消えかかっていたが、二人の会話は次第に熱を帯びてきていた。

良寛は思い出したように、瀬戸内の円通寺での修行についてぽつりぽつり話し始めた。「兄弟子に仙桂和尚という人がおってな。そう、顔は古武士のようで、ほとんど言葉を発しない変人であった」。貞心は思わず「良寛様に似ておられる」と、つぶやいたが良寛は構わず続けた。「その和尚は参禅もせず、経も読まず、ありがたい話の一つもせず、野菜畑で野菜作りばかりに熱心であった」「作った野菜は寺の修行僧ばかりか村の人々にもあげておった」「そんな和尚だから私も何度も顔を合わせたけれど、言葉を交わしたことはないし、みんな厳しい修行に明け暮れしているのに何をしているのか、この人から学ぶものは何もないと思っていた」「私はその後、思い立って寺を離れ、四国など方々行脚を重ねた末、四十の頃故郷に帰って国上山の草庵に住まいをしたが、法の道を求めれば求めるほど和尚の偉さがわかるようになった。和尚こそが真の道者であった」。良寛の目が潤んでいるのを見て、貞心は目を伏せた。「残念なことをした。私はあの頃、誰よりも早く参禅し、誰よりも多く師匠に尋ねたりすることが一番の修行であると思っていた。仙桂和尚を理解するに遠く及ばなかった。冷静に考えれば、国仙師匠に三十人弟子がいる中で師匠から仙の字をいただいたのは仙桂和尚ただ一人だったというのに」。聡明な貞心は、良寛が修行に対する自分の疑問に答えようとしていることは理解したが、その内容を実感できないため、言葉を返せないまま黙っていた。

良寛も黙って立って東側に一つだけある小窓を開けた。すると虫の音が一瞬止んで、秋の夜風がすっと入り込み、良寛を身震いさせた。見上げると月ははや中天にかかり、家々は静まりかえっていた。

白たへの衣手寒し秋の夜の　月なか空にすみわたるかも

良寛から歌が差し出された。歌を解するまでもなく長居したことは貞心もわかっていた。ただすぐに腰を上げる気にはならなかった。炉の火が消え、冷気が入ってきたとしても、心の中の火照りはおさまらなかった。

向ひゐて千代も八千代も見てしがな　空行く月のこと問はずとも

率直な気持ちだったが、生来の勝気が下の句に出ていると貞心は我ながら思った。良寛は尼僧のストレートな物言いに一瞬たじろいだ。「このまま一晩語ろうか。それも自然な成り行きに思えるし、むしろそうしたい。今ここで別れたらいつまた会えるのか。再び会える保証は何もない」。二人はしばらくじっと見つめ合った。決断は良寛に委ねられていた。やがて良寛の心の中で分別が勝った。

心さへ変はらざりせばはふ蔦《つた》の　たえず向はむ千代も八千代も

優しく貞心を諭しているようで、その実自分にも言い聞かせるような返歌ができた。貞心はその返歌を何度も反すうした。その間、良寛は落ち着かない気分でいたが、やがて貞心の顔に笑みが浮かんだ。

立ちかへりまたも訪ひ来むたまほこの　道のしば草たどりたどりに

一度決めたら貞心は早かった。帰り道の心配をする良寛を横目に、部屋を片付けて出発の準備を整えた。

又も来よしばの庵をいとはずば　薄尾花《すすき》の露を分けわけ

良寛は追っかけ返しを作ったが、当たり前すぎてもっと気の利いた返しができなかったものかと、見送ったあといつまでも悔やんだ。

良寛は、あの夜、貞心が「知人宅に泊まって明日朝早く閻魔堂に帰る」と話していたのを思い出していた。「貞心は無事に着いたであろうか」。貞心の住む閻魔堂のある福島村から木村家のある島崎に来るには、一里ほど歩いて信濃川の渡し場に来て、そこから船で川を渡り、与板に出て塩入峠を越えて来ることになる。一日がかりの行程である。塩入峠の山道は古来難所として有名で、信濃川を渡る舟から迫ってくる山並みを眺めると、これからの前途に身の引き締まる思いがする。その塩入峠も与板藩主の善政により改修が始まっていた。良寛は、「また来る」と言った貞心の道中が少しでも楽になると思うと、喜びが込み上げてくるのであった。また、貞心と交わした言葉を最初から思い起こすこともあった。「貞心には自分というものに、こだわらないのがよいと言ったが、それでは私はいったい何者なのか。私の命はどこから来てどこへ行くのだろう」「命の始まりは分らない。命の終わりも分からない。そうすると今の命もまた分からない」「あらゆるものは空であるという。空の中に自分自身があるわけはない」。

幾年も自分に問い続けた疑問であった。出発においては貞心の悩みと同期する疑問でもあった。ただ良寛には到達した信念があった。「だからこそ下手な思慮分別を断ち切って、因縁に逆らわずゆったりと生きるのがよいのだ」。繰り返しそのことを自分に言い聞かせて生きてきた。悟りの道は人から教えられるものではなく、体得するものだと理解している良寛は、次に会った時、貞心の悩みにどう対応すべきか、深い思いに沈むのであった。そうでなくとも何かしているとふと手が止まって、貞心のことを思い出している自分がいることに気が付くことが多くなった。「いつからこうなってしまったのか。こういう自分は何なのか」。そのような時は決まって胸がいっぱいになって、筆を持っていようものなら、貞心尼、ます尼などと無意識のうちに書き連ねているのであった。

一方、貞心は良寛と別れてすぐには自分の草庵に帰らなかった。良寛の弟子の遍澄に会うため、帰り道とは反対方向の村を目指していた。良寛の弟子に遍澄あることは以前から聞き知っていた。ところが良寛は、「私は弟子をとらない」と言った。「どういうことなのか。良寛様は何か隠しておられるのか。遍澄とは、どのような弟子だったのか」。湧いた興味をそのままにしておけない性格だった。「寺泊まで行けばそれほど遠くはないはず。寺泊には良寛様がたびたび訪れるという密蔵院がある。そこも見ておきたい」。遍澄は今では良寛の元を離れ、寺泊の先にある地蔵堂願王閣の主となっていた。遍澄に会ってみると意外に若く、はにかんでうつむくところなどむしろ自分より年下ではないかと思われた。「良寛様に会ってきました」。「そうですか。良寛様は無事でしたか」。「ええ、いつから良寛様の法弟となられたのですか」。「五合庵に良寛様を訪ねたのは十五の時です。弟子といっても良寛様から何か教わったということはないのです」。

貞心は良寛の言葉を思い出していた。「会ってすぐ遍澄は私の分身のようなものだと思った。だから弟子になりたければそれもよいと言った」「以来私の身の回りの世話をしてくれている。この木村家を世話してくれるまで、かれこれ十年ばかり世話になった。弟子といっても私から何か教えたことはない。私が世話になっている」。二人の話は一致していた。特に分身という言葉は当たっているようで微笑ましく思われた。「それでは修行は良寛様の不在の時にしていたのですか」。「座禅は一緒にする時もありますが、同居していたわけではないので、そんなに多くはありません。それに、良寛様は自分から経文を説いたりはしませんよ」「修行も僧により、それぞれではありませんか。良寛様は行脚を修行と考えておられたようです。私はただ良寛様の世話をすることが自分の道と考えているのです」。話を聞いて貞心は、「自分だけが迷いの中にあるのではないか。この二人の仲間に入ることなどできないのではないか」と、一人取り残されたような気分になった。

良寛は、別れ際の返歌で「薄尾花の露を分けわけ」と詠むことで、ひそかにすぐの再訪を期待していた。しかし、年を越し春になっても貞心の訪れはなかった。例年だと、うららかな春の日は永く野を照らし、すみれ、たんぽぽなど春の草花を子どもたちと摘む楽しみに良寛は心浮き立つはずであった。ただ今年は少し違った。毬をついても無心になる時間は短く、すぐ毬がそれて、子どもたちから「それた　それた」と、はやされた。

「貞心尼との出会いはどんな因縁なのか」「いや因縁などはない。自然のなりゆきなのだ。花は招こうという気はないが自然に蝶を招き、蝶は尋ねようという気もなく自然に花を尋ねる。私もまた貞心尼の気持ちを知らないし、貞心尼も私の気持ちを知らないが、我々は出会った。これは自然なのだ。ならばこれからも自然に任せよう」「しかし、貞心尼にとって私は何なのか。私は仏道の師として貞心尼の中にあるのだろうか。いや、ともに仏道を極めようと誓っただけの関係なのだ。それでは私にとって貞心尼は何なのか」。ここまで考えて、良寛は思考停止に陥った。胸に甘酸っぱい香りが充満してくるのを覚えた。

しばらくたった初夏のある日、良寛は信濃川を渡る舟の人となっていた。朝一番の渡しで、川面には霞がかかり行く手の岸はかすんでいた。良寛は貞心の住む閻魔堂を目指していた。草庵はすぐに見つかったが、貞心は不在であった。貞心が托鉢から戻ったのは昼もだいぶ過ぎてからだった。長岡の実家に立ち寄って昼餉を済ませてきたらしかった。「あれ良寛様、どうなされた」。そう問われて、良寛は何も話すことがないことに気がついた。「文でもいただければ、お待ち申し上げていたものを」。良寛と貞心は再び相まみえたが、二人に快活な笑いはなく、ぎこちない言動が続いた。

貞心は遍澄に会ったことを話した。「良寛様はひたすら行脚をされている。遍澄さんはひたすら良寛様に尽くしている。それでは私は何をしているのか。私は自分を追い求めているつもりでしたが、それも空しいことのように思われます。私は未熟なのです」。そう言ってうつむいた貞心の顔は、良寛にとって眩しいくらい美しく思えた。良寛はそれに対し気の利いた言葉をかけようと思い巡らしたが、何も浮かばなかった。良寛はこの地に知り合いはいないため、帰りの渡しの時間が気になってきた。それに、途中の与板に住む弟由之と無性に話がしたい気分であった。「帰らなければ。秋になったら訪ねてきませんか」。歌に詠むことはできず直接的な物言いとなった。

「ええ、わかりました」貞心がかすかに頷いた。草鞋を結びながら良寛は言った。「私はいつまでも待っています」。突然の言葉に困惑する貞心を振り返らず良寛は帰路についた。

由之は良寛の四歳下の弟である。良寛の家は代々出雲崎の名主を継ぐ名家であったが、良寛の代になって、嫡子の良寛が一旦は名主見習となったものの、二十二歳で出家したため、次男の由之が跡を継いだのだった。その由之も名主としての適性はなく、かつての繁栄を取り戻すどころか、五十近くになって、使途不明金の件で住民から代官所へ訴えられ、結局、百年の歴史ある家を没落させてしまった。そのようなこともあり、若年の頃はお互い認め合うことはなかったが、近年は歌を詠みかわすなど交流が密になり、一昨年からは良寛の住む島崎に隣接する与板に庵を結んでいた。

由之が夕餉の粥をすすろうとしたとき庵の戸が開いた。良寛だった。「いや、これは突然なことで驚いた。いったいどうなされた」。「いや夜の峠は難儀なのでな。一晩厄介になるよ」。「ちょうどよかった。貰い物が残っている」。由之はそう言って奥から一升徳利を引き出してきた。「やはりここに来てよかった」。良寛は酒をこよなく愛していた。

二人の話は昔語りに及んだ。良寛は国仙和尚について出雲崎を出る頃の話を打ち明けた。良寛二十二になろうとする頃のことだった。「父母とは実家の前で別れたが、実は村はずれで見送ってくれた人がいた」。「え、それは私の知った人ですか」。「知らないと思う。その人はいわゆる遊女だった。当時名主見習で嫌なことがあるたびに遊郭に逃げ込んでいた。やがてその人を知り、暇ができさえすれば訪ねるようになった。なに他愛もない話で笑い合っていただけなんだが」。「それは初耳です。この村の大坂屋のおきしさんと親しかったのではなかったですか」。

良寛と由之は、幼い頃、父に連れられて、父の実家のあるこの与板によく来たものだった。「おきしさんとは幼馴染だよ。父の実家に来た際よく遊んだが、子どもの頃の七つ違いは大人と子どものようなものだ。ただ淡い思いがあったことは確かだ。その思い出があったためか、後になって越後に戻ってからよい関係ができた。夫を亡くされてから尼さんになったので同業者のようなものだった。体が弱いのに無理をして先年亡くなられたのは寂しい限りだ。ただ遊女との関係はそれとは違う」。「初恋というやつですか」。良寛は顔を赤らめた。「ああ、会えなくなってから気づいたよ。国仙和尚との旅の途中で突然、自分の心の有り様に一つの題目がついた瞬間があった。これは恋というものだと」。「その人は今どうしているのですか」。「わからない。随分昔のことだ。数年は会いたくて仕方がなかった。越後に帰りたいと何度も思ったよ」。そこまで聞いて、由之は今日の訪問の意味を想像できた。「遊女とはまた、親が知ったら驚いたろうな。ところで最近何か良いことがありましたかね」。誘い水に良寛は貞心のことを話したくてうずうずしている気持ちを抑えきれなくなった。

貞心は良寛が去ってから心中穏やかでないものがあった。突然の訪問、師匠らしくない言動、そして残された言葉。「良寛様はいったい何をしに来られたのか」。貞心の心の奥で何かが動いた。それはとっくに封印したもので、自分ではその台頭を認めたくない種類のものだった。「良寛様は私を一人の女として見ていなさるのではないか」「いやそのようなことがあるはずがない。現に与板からちょっと足を延ばしてみただけだとおっしゃったではないか」。貞心は否定しようと頭を振ってみたが、湧き上がった疑問を否定しきれないことは内心分かっていた。

秋が近づいて、貞心は眠龍、心龍の待つ柏崎の閻王寺に出かける予定を少し早めた。もともと姉妹庵主と縁を切ったわけではなかった。閻魔堂が空庵であることを知って、良寛に会うため矢も楯もたまらず飛び出してきたのだ。むしろ閻魔堂が仮庵なのだ。それに閻王寺からさほど遠くない場所に、尼寺建立の話が当時から持ち上がっていた。創建者の一人である尼僧とは托鉢の時に知り合っていた。その動きも気になったし、できれば狭くて古くなった閻王寺から眠龍、心龍を移してやりたいと思っていた。姉妹庵主には自身を売り込むような行動力はなかった。

良寛の方はその後、托鉢に出ていつもの野辺を横切り、いつもの人に会い、いつもの部屋に戻るといった生活に表立った変化はなかった。しかし、良寛は貞心への思いに執着している自分を御しかねていた。「自分は愛欲にとらわれている。いまさらこんなことでは真理を悟ることなど程遠い」「どうしたらよいのか。愚か者は愚か者らしく、せめて自分の心を見つめ続けることぐらいしかできない」。

やがて雁が渡り、野菊の咲く秋がきた。貞心との約束の季節となった。今日来るか明日来るかと待っていたが、その時、貞心は遠い空の下にいた。落ち葉の音をひとり窓辺で聞きながら良寛は文をするかどうか迷っていた。「文を書いても、もし返信がなかったら自分はどうなるのか」。貞心の面影を追うことは甘美な時間だった。

自分に対する執着を捨て去ったはずの良寛であったが、貞心に翻弄されていた。「とらわれているというならそれもいい。今はそれが自然なのではないのか」。逡巡のあげく良寛は文をする決心をした。木村家の内儀からきれいな紙を分けてもらった。

君や忘る道やかくるるこのごろは　待てど暮らせどおとづれのなき

貞心が文を受け取ったのはしばらくしてからだった。貞心も約束したことを忘れたわけではなかった。それどころか、この数か月、姉妹庵主とともにいて、良寛こそ師として仰ぐべき人であるという思いはますます募っていた。「一瞬でも良寛様を避けようという心が動いたのは、私の知識や経験に頼った浅はかな判断にすぎないのではないか」。貞心は、あの夜、良寛と語り終えた後の清々しい気分を思い出していた。「あのような気分になったのは初めてだ。まるで釈迦その人と対座しているようであった」「弟子はとらないと言われたけれど、私は良寛様を師匠としてともに仏の道を歩むのみ」。貞心の覚悟は決まっていた。ただ自分から訪ねていくのは気恥ずかしく思っていたところ、良寛から文が届いて渡りに船となった。柏崎に戻った事情は言い訳がましくなるので簡単な歌にし、法の道の現在の心境を添えて文を返した。

こと繁きむぐらのいほに閉ぢられて　身をば心にまかせざりけり

注：むぐらのいほ→葎の庵　荒れはてた庵

山のはの月はさやかに照らせども　まだはれやらぬ峰の薄雲

良寛は、木村家の垣根に咲いた草花もみな枯れて、木枯しが吹き付けるある日の夕刻、いつものように一人帰ってきた。納屋の戸口で内儀から手渡された文を、薄暗い部屋の窓辺に寄って何度も読み返した。良寛はふーっと溜息をついた。それからうれしさが込み上げてくるのを感じた。「返信がなかったら、自分はどうなっていただろう」。その夜のうちに返歌の構想に取り掛かった。貞心にしてみればわかりましたとは言ったが、約束というほど固い約束をしたつもりはなく、柏崎に戻った理由を詳しく記してはなかった。一方、疑うということを知らない良寛は約束を信じて待っていた。そのちょっとした不満が返しの歌に出た。

身をすてて世を救ふ人もますものを　草の庵に暇求むとは

「以前やり残した何かを遂げるために行ったのであろうが、尼僧なら自分や一人の誰かではなく、救いを待つ衆生のために何をできるかを常に考えるべきであろう」。二つ目の歌への返しは容易にできなかった。貞心が人生を探求し、常に自分のなすべきことを求めていることは知っていた。その中で迷いもあり悩みもある。そして法の道を求めてきた。出発においてはかつて良寛も同じだった。「ただ、安らかな境地に至るには、むしろ自分を忘れなければならない。しかし、その境地を意識的に求めようとするとかえって求められないし、その方法を人に伝えることは難しい」。良寛は貞心の心の中で自分が師匠として存在しているらしいことに感激したが、それに応えられない自分がもどかしかった。疲れてふと窓の外を見上げると、初めて会った日と同様、寒々と澄み切った月がくまなく照り渡っていた。「なんと美しいことか。これだ。これが仏の心だ」。触発されて次々返歌が生まれた。

久方の月の光のきよければ　照らしぬきけり唐も大和も　昔も今も嘘も誠も

はれやらぬ峰の薄雲たちさりて　のちの光と思はずや君

良寛には言い切った満足感があった。「経文を説いたり、何かの行為を勧めたりすることで仏心を理解させることはできない。仏の心を示唆して、貞心がそれに気づくのを待つだけだ」。

山々に雪降り積もる季節となったが、良寛は、五合庵や乙子神社に一人暮らした頃とは違い、木村家の生活の匂いが身近に感じられ、それを少し煩わしく思いながらも、侘しさはあまり感じなかった。そのような穏やかな日々が続いたある日、良寛の身に大きな出来事が続けて起きた。良寛は隣の寺泊で開かれる歌会に招かれて出かけた。会場の寺に近づくと、あの何となくふうわりとした空気が胸を包むのを感じた。「良寛様がお見えになった」と皆に告げる声に案内されて堂に入ると、貞心と宗匠頭巾をかぶった四十がらみの男が立っていた。貞心が紹介するには、その男は貞心の後援者であり歌の仲間であった。驚いて声も出せない良寛に、貞心は涼しい目をして返しの歌をいただいたお礼を述べると、指定された席に戻った。良寛はその日の上席であったが、混乱した頭を抱え、人々の注視の中、黙ったままであった。もともと題詠を好まない良寛は、早々にその場を立ち去ることとした。「来なければよかった」。

さらに、平和な空気を突然打ち破る大地震が、少し北の三条の町を襲ったのはその翌日であった。朝方に起きた地震は大規模な火災を引き起こし、地震による倒壊もあわせて町のほぼ全域を壊滅させた。良寛の住む島崎は幸いに被害は少なかったが、由之の住む与板に大きな被害がでたことが、木村家の主人の元へ知らされていた。

良寛は由之ら身近な人々の安全を確かめると、三条に出かけた。三条はかつて行脚の折、世話になった家々のある町だった。途中、寺泊に立ち寄って貞心の安否を確かめた。貞心は歌会が終わると昨日のうちに寺泊を後にしていた。良寛は宗匠頭巾の落ち着き払った顔を思い浮かべた。三条の町は遺体が放置され、家屋はなぎ倒されて折り重なり、嘆き悲しむ人々があてもなくさまよっていた。あまりにも変わり果てた町の惨状を目の当たりにして良寛は涙が止まらなかった。

島崎に戻ると良寛は病に伏した。心の病であった。災害にあった人々の思いが胸に押し寄せて、常の生活ができなかった。「このような災難が起きるのはどうしてなのだろう」「長年にわたる人心のゆるみが招いたに違いない。私にはどうすることもできない。観世音菩薩よ、私を哀れんで世の人々を救いたまえ」「このような辛い目を見るなら自分も死んだほうがよかった」。

数日してようやく床から起き上がると、良寛は親しい友人に見舞状を書いた。「災難に逢う時節には災難に逢うがよかろう。死ぬ時節には死ぬがよかろう。これが災難を逃れる妙法である」。その時、良寛はある心境に達していた。「生死にこだわり、どうにかしようとか、こだわる心を捨てようなどと、もがくことはやめよう。現実世界はあるがままをそのまま受け入れるしかない。思慮分別は断ち切ろう。生死は表裏一体、悟りも迷いも表と裏だ」。良寛は、こうして徐々に心の平穏を取り戻していった。

季節は春に向けて助走していた。良寛が雪解け水に若菜を摘み、梅の花に慰めを求めていた頃、貞心から文が届いた。

おのずから冬の日かずのくれゆけば　待つともなきに春は来にけり

われも人もうそもまこともへだてなく　照らしぬきける月のさやけさ

さめぬれば闇も光もなかりけり　夢路を照らす有明の月

すでに貞心は閻魔堂に戻っていた。辛い日々が続いた中で自分の有り様を見つめなおした良寛は、貞心への思いにも一定の結論を出していた。寺泊での後援者の存在と貞心の凛とした目に少なからず心乱されてからは、「自分は貞心をどうしたいのか。貞心とは自分にとって何なのか」と問い続けてきた。そう自らに問うとき、甘美な夢想に引き込まれようとする自分を何度も見た。「それは執着であろう」。これまで良寛はすべての執着を捨ててきた。執着を捨てようとする姿勢を貫いてきた。「貞心がなければ自分もないのか。いや貞心が私の全部ではなかろう」。そして良寛は踏み止まった。「貞心の求める法の道の師であることが貞心との唯一の絆であり、それ以外の関係ではないし、それ以外の関係を望むものではない」という結論に達したのだった。

そのような良寛であったが、歌三首を含む丁寧な文を手にした時、それまでの一切の思考は停止し、躍り上がるほどの喜びで胸がいっぱいになった。良寛は何度も復唱した。それは数か月前贈った歌と脈を通じていた。「貞心は私の歌の真意を理解し、ずっと仏心について考えていたのだ」「しかもこの歌が本当であれば、仏道の真理の存在に気づき、迷いからの覚醒に一筋の道を見出しつつあるではないか」。返しの歌を持って、すぐにも閻魔堂に飛んでいきたい気持ちを抑え、二首を使者に託した。

天が下にみつる玉より黄金より　春のはじめの君がおとづれ

手にさはる物こそなけれのりの道　それがさながらそれにありせば

注：のりの道↓法の道　仏道

良寛の歓喜が爆発したような歌を受け取って貞心も幸せな気分に包まれた。「私の文をこんなに喜んでいただいて、もったいないことよ。それにしても子どもみたいな喜びようで私も面映ゆい」。ただ、もう一つの歌の真意は図りかねた。「師が当たり前のような歌をわざわざくださるとは思えない。もっと深い意味があるはずだ」。

幾日か経って貞心は迷いの中にいた。「あの時、見えたような気がした真理が今は見えない。空しさが心の中を駆け巡っている。つかんだはずの仏の教えはどこにいったのか」。貞心は放心して春霞のたなびく西の山々を眺めた。「あの山の向こうに良寛様がいらっしゃる。今頃、何をしてらっしゃるのか」。

この時、貞心は二首目の歌の意味を突然理解した。「そうか、手にさわれるものでないからこそ見失いやすく、きちんとつかまないと逃げてしまうということなのか。師は私の悟りの道の先の先まで見通しておられるのだろう」。こうして良寛への信頼を一層深めた貞心は、返しの歌に現在の正直な心の状況を込めて送った。

春風にみ山の雪はとけぬれど　岩間に淀む谷川の水

貞心が一度探し当てた仏の道をまた見失いかけている様子に、良寛は自分の来し方を考えてみた。良寛にしても、あらゆる修行をしたつもりでも、なかなか法の道は見えなかった。自分の修行が仏の教えに適わないのではないかと悩んだこともあった。自分の心にも仏性あることを確信し、それに従ってゆるぎない行動ができるようになったのは、そんなに昔のことではなかった。諸国を乞食行脚していた頃、ある有職の禅師の評判を聞き、無理に願って教えを受けたことがあった。その禅師の一言が自分を目覚めさせた。それから日常生活で起こるできごとの中にも大切な道があることを知り、世の中の価値基準に執着する心を断ち切ることを心掛けて生きてきた。

「自分を知ろうという出発点においては貞心も同じこと。ならば修行が合わないのか。それとも欲望にとらわれている人には仏の教えは見えないというが」。こう考えて良寛は苦笑いをした。「欲望にとらわれようとしているのは自分ではないか」。良寛は貞心との文の交換が途絶えることを恐れていた。そのことを想像するとどうしようもなく寂しさが込み上げてきた。「これは我欲であろう。貞心の面影を求め、関係が続くことを願うことは、ありのままの自分の心に従っているといえるのか」。その日、良寛に答えは見出せなかったが、とりあえず貞心の修行を応援しようと決めた。それが良寛には、何よりうれしいことでもあった。

み山べのみ雪解けなば谷川に　淀める水はあらじとぞ思ふ

歌を受け取った貞心は、良寛の励ましに少し心が軽くなった。「そう、良寛様もいかにすればまことの道にかなうのか寝ても覚めても考えているとおっしゃっていた。なんとか、一日でもかなえばとも願っていた。私などが迷うのは当然のこと」。そう自分に言い聞かせて、貞心は日々の托鉢に一層精を出した。

春の訪れを五感で感じながら野や山を行く時、貞心は無邪気であった。歩き疲れて満開の梅の大きな木の下で休んでいると、夢うつつに鶯の声が聞こえてきた。「春はいったいいつどこから来たのだろう。待っていたわけでもないのに、いつの間にか来て、今ここにある。春は冬の生まれ変わりなのか。この因縁がわかれば、この大好きな春を留めることができるのではないか。いやそのようなことができるわけがない」。やがて浅い眠りから覚めた貞心に一つの覚悟があった。「春がどこから来てどこへ行くのかを問うても仕方がない。今、目の前に確実にある春をしっかり味わうことだ。これは何事においても言えるのではないか。今、現前する世界にこそ自分がいるのだから」。歩きながら貞心はこの心境を歌にした。

いづこより春は来しぞとたづぬれど　こたへぬ花に鶯の鳴く

貞心はその夜、満ち足りた気分で床に就いた。すると不思議な夢を見た。大きな手毬が弾んで自分に向かってくる。その手毬を小さな僧侶らしき人が追いかけて来る。手毬と人は自分の前を見向きもせずに通り過ぎて、花盛りの野辺の方へ行ってしまった。目覚めた貞心は、あの僧侶は誰だったのか思い出そうとしても思い出せなかったが、いつか良寛にいただいた歌を思い出していた。「つきてみよひふみよいむなやここのとを十とおさめて又始まるを」。この歌をいただいてから、何度か一人で毬つきをしてみたが、何か確たるものが得られたという自覚はなかった。「夜が明けたら毬をついてみよう」。あくる日から閻魔堂の隅で一心不乱に毬をつく貞心の姿が見受けられた。一から十まで数を数えながらの手毬つきも、初めはいかにすれば上手くつけるかとか、通りがかりの人が怪しまないかなどと、考えれば考えるほど気が散って毬を逸らすことが多かったが、やがて数えることに集中できるようになった。そうなるとはじめの一に戻るごとに新たな始まりを感じ、百ぐらいは苦も無くつき続けることができることがわかった。「毬をつくには無心でなければならない。自分を空しくして、無の中に自分を投げ込むような気持ちでなければならない」。貞心は一人頷いた。「口では言い表せない微妙な気分ではあるが、もしかするとこの境地が悟りなのかも」。それから貞心は昼夜をおかず座禅を組んで、毬つきで得た境地を確たるものとした。

君なくばちたびももたび数ふとも　十づつ十を百と知らじを

注：ちたびももたび→千度百度

この歌を先の歌に加え良寛に送った。

文は、良寛が出かけた先で次々と書を書くことを所望され、閉口して逃げるように帰ってきたところに届けられた。「私と筆硯と、どんな因縁があるのか知らないが、いつも、もう一枚、もう一枚と頼まれて切りがない。書は自ら成るもので、誰でもその人なりの書は書けるというのに」と、つぶやきながら文を開くと、その内容は良寛を動揺させるのに十分だった。良寛は貞心が仏道を究めるための応援はしたが、こんなに早く悟りの道をみつけるとは思ってもみなかった。もちろん良寛は、貞心の中で自分が師として存在し、その師のおかげで道がみえたことを感謝していることに無上の喜びを感じた。ただ同時にそのことは、師弟関係の終わりをも意味していた。人を疑うことの知らない良寛は、貞心がそんなにも早く悟りを得たことを怪しむことはなかった。

「貞心の心の中に私の居場所がないのであれば、私はどうすればよいのか」「いや、もともと私は貞心の師ではない。仏の道を一緒に歩む者としてあったはず。それを貞心の中で師としての場所を占めることができているのであればそれもよいと思ったが、それは貞心を繋ぎとめておくための自分に対する口実ではないのか」。

良寛は、自分を捉えている感情が何度目かの恋であることを、閻魔堂に貞心を訪ねた帰りの渡し舟の中ではっきりと自覚していた。良寛は涙で枕が濡れるのもそのままに、考え続けた。

「この恋がこれ以上どうなるものでもないが、せめて恋が恋のままであることはできないものか」。良寛はこれまでの恋を振り返って、一度も形あるものに発展しなかったのを思った。その意味では、恋が恋のままで終わったともいえるが、結局恋とは何なのかわからないままであった。「もういいだろう。貞心を想う時、いつもの自分でないことは明らか。これは迷いであろう」。良寛は万感の思いを託し、返しの歌を詠んだ。

いざさらばわれもやみなむここのまり　十づつ十を百と知りなば

注：やみなむ→終りにする　ここのまり→九つ余り

文を知人に託すと、良寛はひとり過ぎ行く春を惜しむかのように托鉢に出かけた。

良寛と貞心は、木村家の納屋を改造した庵室で炉をはさんで向き合っていた。良寛からの文を受け取った貞心は、良寛に会うため島崎を訪れる決心をした。目の前の事物をあるがままに捉えることの大切さと悟りの感覚を得た貞心であったが、どうしたらその境地を保てるのか、どうしたら自分の心の声に従った行いができるのか、確たるものをつかめていたわけではなかった。

「良寛様はどうしてあんなに自由でいられるのか。どうしてあんなに清心でいられるのか。私にとって今が修行のしどころ。良寛様を失うわけにはいかない」。様々な質問を胸に、晩春の塩入峠を越える貞心の足取りは軽かった。向き合った二人は、しばらくの間、声を発しなかった。良寛は、子どもらとのおはじきや毬つきをして無心でいられる時はともかく、日暮れて一人庵に帰る頃には、貞心への執着を認めないわけにはいかなかった。貞心は、以前の些細なわだかまりは忘れて、今は一途な求道心に燃えていた。先に口を開いたのは貞心であった。「私は仏道修行の、どのあたりにいるのでしょうか。あるがままの自分というものが見えていません。それゆえ自分は何をすればよいのかもわかっていません。姉妹庵主のもとでは、経文を読み解くことはしましたが、何かを得た実感はありません。師は修行の仕方に定まった法はないとおっしゃいました。私はこれからどうすればよいのでしょうか」。貞心の眼は真剣だった。良寛も膝を乗り出してひとつひとつ丁寧に応じた。

「仏道は究めれば究めるほど深く、仏の徳はいよいよ高い。あなたが道のどこにいるか、良寛がどこにいるかなど仏の前ではみな同じですよ。それに、自分とは何かを自分の中に見つけようと探してもなかなか見つけることはできません。人間誰もが持っている純朴な心に気付いてそれに従うようにすれば、自ずからなすべきことは見えてきます。もともと自分を空しくし無心になることが肝心なところ、自分を持つことにこだわりすぎると、良し悪しの判断も自分の見方に執着することになります。自分の持っている短い物差しで真理の海は測れません。また、釈迦が経文を残したのは、仏法理解の手助けのためです。自分の力で悟ることができれば経文は要りません。経文の言葉にこだわって心をすり減らすようではかえっていけません。それどころか、悟りといい迷いといっても表裏一体のもの。仏法の真髄はそれを超越したところにあるのです」。日頃、仏の教えや経文について語ることの少ない良寛であったが、貞心を前にして多弁だった。身じろぎもせず聞いている貞心は、次第に心の中が澄んでいくのを感じていた。「仏の教えは、はじめ霊鷲山で釈迦が説いたもの。その後正しい道が廃れ、低俗な教えが世にあふれているが、われわれも釈迦の弟子の一人。そうだ、今から二人で霊鷲山に飛んで行くことにしましょう。目を閉じて想像してごらんなさい。そして釈迦の前で誓うのです。すぐれた徳の行いを重ね、小さな悟りに満足することなく、大きな悟りに到達するまで、共にしっかりと大地に足をつけた修行を行い、正しい仏法を見定めて行くことを」。そこまで一気に話すと、良寛は恥じらいを含んだ笑顔を見せうつむいた。深く心を動かされた貞心は、涙が止まらなかった。再び長い沈黙のうちに清らかな時間が流れ、貞心が帰る時刻となった。

りょうぜんの釈迦のみ前に契りてし　ことな忘れそ世はへだつとも

りょうぜんの釈迦のみ前に契りてし　ことは忘れじ世はへだつとも

注：りょうぜん→霊鷲山《りょうじゅせん》　釈尊が仏法を説いた地

二人は歌を詠み合って別れた。

貞心が帰ってひとり窓辺にもたれた良寛には、ほどよい疲れの中にも、貞心のために師としての役割を果たせた満足感があった。「純真な人だ。このまま悟りの道を歩むだろう」。一方、一抹の寂しさもあった。「もう私から伝えることは何もなくなった。この先、何度会えるのか。こちらから来てくれと言えるのか。会いたいと願うこの気持ちも執着なのだろう」。自分の生きる道は見えている良寛であったが、貞心はその信念を揺さぶり、再び自分とは何かを問いかける存在であった。良寛は野原に寝転んでいる時間が長くなった。そうして無心になると、ただ山で鳴く鳥の声だけが聞こえる。「起き上がり小法師は人に投げられるに任せ、笑われるに任せして何も気にしない。自分も小法師を見習って世の中を渡ってきた。そうして生きるのに今は何の支障もない。それが最近、貞心の微み、貞心の言葉、貞心という存在そのものに心を占領されることがあって、安らぐ暇がない。この執着からどうしたら逃れられるのか。この心を貞心に伝えればさっぱりするような気もするが、よくよく考えてみると、何を何のために伝えようとしているのかわからない。恋とは、特定の他人により呼び覚まされるまでは、心の奥に眠っている、なじみの少ない感情なのか、本能に根差した欲望に裏打ちされた現実的存在なのか。いずれにしても、この恋をあるがままに受け止めるに、いかにすればよいのかわからない」。

ようやく起き上がった頃には長い春日も暮れかかっていたが、木村家の庵室に帰る途中も良寛は考えをやめなかった。小川にさしかかった時、突然先人の教えを思い出した。「過ぎ行くものはみなこの川の流れのようなもの。昼も夜も休むことはない。私がこの世において何かをなさんとしたら、悟りを得ることのみ。そのためには無駄な時を過ごしてはいけない」。日が落ちても小川の水音を聞きながら良寛は佇んだままだった。「人間には情がありそれはうつろいやすい。季節や周囲の物事の変化に従って、自分の思いが変わらないと言い切れるだろうか。大切なことは、一つのことに拘って心の定まらないまま生きていては、仏の道にかなうことなどおぼつかないということだ」。一つの結論めいたものを得て少し心が軽くなった良寛は、再び歩き出した。

野山の若葉の緑が輝く季節に入ったある日、良寛が庵室の窓辺にもたれていると、何やら胸にふうわりとした空気が迫ってくるようなよい心持ちになった。何度か感じたこの感覚は貞心が現れる前触れだった。と思う間もなく貞心が戸口に立っていた。前回の別れからそれほど日数は経ていない。「いかがなされた」良寛は小川のほとりでの思考以後落ち着きを取り戻し、貞心の面影に溺れる時間も少なくなっていた。代わって、めっきり増えた白髪を気にしたり、亡くなった昔の友を懐かしんだりすることが多くなった。貞心を前にしてもまず自分の老いから語り始めるのであった。「白髪は老いた証かも知れないが、避けては通れないもの。神の使いであって尊いものであると思っている」。貞心はその話を聞いて少し面食らった。貞心は前回、熱い良寛の話に大いに鼓舞されたが、正しい仏法を求めていく具体的な方法を授かったわけではなかった。それで良寛の修行について伺うべく訪れたのであった。良寛は親しかった友人との思い出も多く語った。貞心には信じ難い話も多かったが、滑稽味あふれる展開や結末は、師の一面に洒脱な人柄があることを思わせた。良寛はまた、昨年の大地震の死没者供養が与板の寺で行われたことに触れた。良寛は出席したわけではなかったが、見てきたようにいきいきと語った。うららかな春の一日、それが厳かに執り行われたことを良寛は我がことのように喜び、主催者である与板藩主の徳を称賛した。そして、いくつか作った漢詩と歌を読み上げた。女性の貞心に漢詩の素養はなかったが、地震の犠牲者を慰め朗朗と歌い上げる師の声に心が震えた。歌い終わって一呼吸置くと、今度は小机の下から折りたたんだ粗末な紙を取り出した。押し頂くような仕草は何やら大切なもののようだ。一旦それを広げて貞心に傍に来るように目くばせしたが、すぐ思い直して自分でそれを掲げ持った。狭い庵室で良寛の座る側に二人で並ぶ姿を想像して、二人とも身を固くした。広げたそれは自作の五十音図だった。縦十行に同じ子音、横五段に同じ母音を持つ音節を配し、「あ」の段には初言、「い」の段には体言、「う」の段には用言など説明を施してあり、体系性がうかがわれるものだった。「たったこれだけの音節で我が国の言語の構成は説明できる。素晴らしいことです。これは人の心の純粋さとつながっているもので、他国ではこうはいかないらしい」と言いながら、良寛は例をあげて解説を始めた。

名詞の形に定まって活用のない体言、活用をもち単独で述語になる用言など、五十音図を示して、同一単語が文中の役割に応じて形態を変化させるその規則性を説明した。理論の価値について判断する術のない貞心であったが、熱を上げて話す良寛の姿を、ただただありがたく思いながら聞いていた。仲間に教える際には、初言を言って、その活用については相手が答えるまで黙っている良寛であったが、貞心が答えに詰まると見るや、あわてて答えを出すのであった。次いで、音節を構成する各子音の発声は同一でなく、それぞれ口内での空気の流れが上あご、唇などの動きで調音されていること。さらに、高く引く発声をするには、子音についている母音の方を意識すると響きがよくなることなど、常には言葉少ない良寛であったが、自分でも驚くぐらい雄弁であった。貞心は生来の悪声で、読経の声に自信がなかった。そのことを師がいつ知ったか、あるいは知らないのかも知れないが、自分のために発声の話までしてくれていることに涙が流れる思いであった。一呼吸あって師から締めくくりの歌が贈られた。

かりそめの事となおもひそこのことは　言の葉のみと思ほすな君

貞心は深く頷いたままで返しの歌は浮かばなかった。
やがて日も傾き仏法のことは問わないまま別れの時刻となった。貞心は別れの歌を詠もうとして、今日塩入峠を越える際、山ほととぎすの初音を聞いたのを思い出していた。ほととぎすは貞心にとって、志を同じくする仲間のような親近感があって、特に澄んだ月夜に鳴くその余韻が好きだった。

いざさらばさきくてませよほととぎす　しば鳴く頃は又も来てみむ

暇乞いと再訪の予定を告げた。限りない優しさが込められたこの歌を良寛はどこか遠くに聞いていた。「貞心に教えることはなくなった。貞心のための自分はもういない」。

立ち上がって後ろを向き、返しの歌に呻吟し始めた。「貞心はすぐにも来るという。会いたくないことはない。それどころか今引き止めたいくらいなのだが、今度会ったら私はいったいどうすればよいのか」。しばらくして落ち着きを取り戻すと、再び貞心と向き合った。そして改めて貞心の若さと美貌を目の前にすると、老け込んだ自分が取り残されたように感ずるのであった。

浮雲の身にしありせばほととぎす　しば鳴く頃はいづこに待たむ

詠み上げて、しまったと思った。素直に本心を詠んだものではなかった。貞心の積極性を受け止める余裕がなかった。しかし貞心は、師が珍しく気取った歌を詠んだものだと思ったものの、それ以上の深読みはしなかった。

貞心を見送って良寛は思索に沈んだ。「何かにこだわって生きることから自由になろうとする自分だが、貞心は心に住み着いてなかなか振り切れない。しかし、貞心が来ると言っているのだから、そのことに素直に満足すればよいではないか。何か為さねばならないなどと考える必要があるのか。貞心との出会いも、すべての出来事と同様、そうなるべき結びつきがあってのこと。貞心のための自分などと考えず、あるがままに接すればそれがこの恋を全うする道なのではないか」。

翌朝、良寛は体の変調に気付いて野に出かけるのを休んだ。寝不足であろうと自分に言い聞かせたが、心の赴くまま寝たいときに寝てきた良寛に寝不足ということはないはずだった。最近老いを意識している良寛は、何か嫌な予感がして、これまでになく落ち込んだ。

数日を経て追加の返し歌ができた。

秋萩の花咲く頃は来てみませ　命またくば共にかざさむ

秋萩は良寛の好きな草花の一つで、仏に供えることを欠かさなかった。貞心を知ってから会話もし、唱和もしたが、秋萩を飾り付けて二人で遊ぼうという提案は、良寛にとってこれまでにない吹っ切れた発想だった。悪い予感は消えなかったが、この夏の暑さを乗り切って秋には健やかでいる自分を思い描いて、自然に流れ出た心情でもあった。
さらに数日も経たないうち良寛と貞心は木村家の庵室で相見えていた。

秋萩の花咲く頃を待ち遠み　夏草わけて又も来にけり

良寛から「いずこにまたむ」と言われても意に介さないつもりの貞心だったが、良寛が時折見せる謹厳実直さに対して畏怖の念を抱いていたことは否めなかった。そこに追っかけて届いた歌は、まるで招待状のようなものだった。しかも取りようによってはひょうきんな内容だった。「萩をどこにかざすと言われるのか。二人とも髪はなく、頭巾も被らないのに」。心軽くなった貞心は、早速出かけてきたのであった。

秋萩の咲くを遠みと夏草の　露を分けわけ訪ひし君はも

良寛の眼差しは優しく穏やかだった。貞心は昨夜見た夢を話した。「柏崎あたりから良寛様と二人で船に乗ったのですが、行きついた先は佐渡とかではなく、この世にはないような場所でした。そのうちはぐれてしまって、私は一人で花のたくさん咲いている道を歩いていました。すると大勢の人が集まっている広場に出ました。太鼓、鉦、笛の音がかしましく、盆踊りが行われているのだと知れました。踊り手の中にひときわ背が高く手拭いで顔を覆い女の格好をした人がいましたが、なんと良寛様ではありませんか。大声で呼びかけましたが、狂ったように踊りながら行ってしまいました」。「あはは、それはおもしろい。それはあながち夢とは言えませんよ。実は何度か夜を徹して踊ったことがあります。老いの名残に今年も踊ろうかと思っています。もう手拭いもいただいていることだし」。普段、喜怒の色を見せない良寛にしては、珍しい高笑いであった。「それはさぞ愉快でしょうね。ところで浄土とはどんなところでしょう。どうしたら行けるのでしょう」。貞心はかねての質問をするよい機会と思った。ただ、それを聞いた良寛は急に黙ってしまった。

「調子に乗りすぎたかしら」と下を向いていると、良寛が口を開いた。ゆったりした厳かな口調であった。「弥陀のおわす極楽浄土が、どのようなところなのか私も知りたい。衆生を救うという弥陀の広く限りない御心に接することができるのなら、浄土に行くこともうれしいことです。いまだ法の道を知らない私にも弥陀は誘いの手を伸べてくださると信じています」。再び沈黙があって、今度は語り掛けるように話した。「南無阿弥陀仏を唱えることです。あれこれ物思いにとらわれないことです。私は寝ても覚めても南無阿弥陀仏と唱えています。辞世をと今問われれば、南無阿弥陀仏しか浮かびません」。貞心がまじまじと良寛を見詰めた。「どうして辞世の話になるのですか」。「いやなにちょっと口が滑った」。そう言って良寛は視線を逸らした。良寛の態度から冗談と捉えることはできなかったが、貞心はそれ以上追及せず話題を変えた。

「私は自分で何をしたらいいのか、何ができるのかずっと悩んでいます。良寛様は僧侶であって書家、あるいは歌人、詩人といろいろな顔をお持ちですが、ご自身ではどう思っていらっしゃるのですか」。「筆硯と私と何のゆかりがあるのか、人から書を頼まれることは多いが、書は楽しいからやっている。うまく書けた後の気分はいいものです。歌や漢詩は気分が高まった時、なんとかそれを表現したいと思って向き合っています。それも好きだからやっているとしか言いようがない」。「歌集とか残したいとは思わないのですか」。「漢詩を集めたもの、友人が編集してくれたものなど既にあり、今も弟由之と詠みかわした歌をまとめているところだが、出版して大勢の人にみてもらうとか、後世に残すためにやっているわけではない」。良寛は続けた。「私も常に自分とは何者で何のために生きているのかと問いかけてきた。それを真剣に考えない僧などいない。その結果、私の生が何処より来て何処に去っていくのか未だに知らない。過去は過ぎ去り、未来は未だ来ない。今が大事と思い定めたこともあったが、その今も一つところに止まってはおらず、拠り所にはならない。結局はすべてが展転して止まない中に私のしばしの生がある。このように考えると私の取るべき道は、弥陀の救いを信じて、縁に従って動じずに歩き続けるというほかにない。怠け者の私には何をしたらよいかと問われても、これ以上答えようがないのです」。

貞心はここまで聞いて、自分がまだまだ仏道に徹していないことを思い知った。「良寛様は生き方の根本に仏道を据えていて、それを外さないように歩むことが思考や行動の基準になっている。自分は何かしなければと浮ついたことばかり考えていて、生き方の根本がない。仏道を心底信じているのか自分でも疑わしい。私はいまだ僧にあらずか」。その日、二人は別れの歌を詠み交わさずに別れた。

貞心にとって師の大きさ奥深さが思い知らされた一日だった。世間の見方同様、貞心にも時折愚直に見えることのある良寛の仏道を信じる揺るぎない姿は、実像を知れば感動さえ覚えるものだった。「誰があのように徹底した心を持ち続けることができようか」。貞心はこれ以上問答を仕掛けて何かを引き出したとしても、今の自分では真の理解に達することはできないだろうと思った。「師は今の私には仰ぎ見る存在。師の傍にいて、その御心に接することができるだけで有り難いことだ。そして私は私なりの修行を続けていくことにしよう」。

良寛はこの夏、つきまとう老いを振り切るかのように精力的に行動して、庵を留守にすることが多かった。直前に貞心との約束はなかったが、貞心が不意に訪れることがあるであろうとは予想されたし、密かな期待でもあった。「会う者は必ず離れる定めであり、今は二つの命の流れ星が交差して火花を散らしているようなもの。せめて会える時間は大事にしたい」。良寛は貞心がいつ訪れても自分の心を伝えられるように腐心をした。

貞心は前回の訪問からそれほど日を経ない夏の日、木村家の庵室を訪問した。木村家の内儀と一緒に庵室に入ると良寛は留守だった。ほの暗い室内には微かに良い香りが漂い、小机の上の瓶には蓮の花が挿してあり、淡い紅の大きい花が辺りを明るくするように咲いていた。貞心はそれを見てしばらく動けなかった。「あれ、こんなところに置いて」。内儀は良寛がこのところ蓮の花を集めていたことを知っていた。悟りの象徴とされ、極楽浄土に咲いているという蓮の花、それを良寛が毎日庵に飾っていた心を、貞心は直感的に理解した。

来てみれば人こそ見えねいほもりて　匂ふはちすの花の尊さ

注：いほもりて→庵守りて

貞心は歌一つ内儀に託して、清々しい気分で木村家を後にした。数日後、良寛は内儀から貞心訪問の様子を聞いた。すれ違いは、いかにも残念であったが、残された歌と内儀の話から貞心が納得して帰った様子に安堵して、

みあへする物こそ無けれこがめなる　はちすの花を見つつしのばせ

注：みあへ→御饗　もてなし

かねて準備していた歌を返しに贈った。

良寛が庵を出ると風が冷たく感じられた。野原には菊や萩が咲いて、広い空には雁が鳴きながら飛んでいくのが見えた。この夏は体に変調を覚えながらも踊り明かした夜もあった。「もう秋になった。貞心はまた来るだろうか」。このところ自然に心に浮かぶことといえば、やはり貞心のことだった。しかし従来とは違って、それを振り切ろうとして、もがくようなことはなく、面影が浮かぶに任せて呆けたように時を過ごしていた。良寛が小川に差し掛かるといつかのように胸のあたりにふうわりとした空気が漂ってくるのを感じ

た。ほどなくして、小川の向こうに墨染めの衣を着た僧が足早に歩いてくるのが見えた。貞心だった。

「あれ、おでかけですか」。「いや、特にあてはない。庵にもどりましょう。少し寒くなった」。「秋萩の咲く頃、お会いする約束を果たしに来ました」。「いつぞやは留守にしてすまなかった」。「いいえ、かえって深いお心遣い有難く思いました」。庵室に戻って二人はいつものように対座した。「この前のお話でよくわかりました。仏の道は衆生を救う道、その仏を信じるということは、自らも衆を救うことを旨とすべきで、他になすべきことはない。ということでしたね」。「私はそう願いながら生きてきた。ただ、なすべきことは立場によって違うこともあるだろう。それはあるがままの自分の心を知ることで悟ることができよう」。ここで貞心が言葉を継がなかったため、二人の間に沈黙の時が流れた。

いつものことだが話題を作るのは貞心の方だった。この日、貞心はなぜか心が軽く、来る途中、良寛との遊びをあれこれ企てていた。ちょうど良寛から読むことを勧められた万葉集の中の、恋の思いの激しいことを草の生い茂るのにたとえた「恋草」という歌が気になっていた。「そうだ、これを題にした歌遊びはどうだろう」。歩きながら歌ができた。

いかにせむ学びの道も恋草の　しげりて今はふみ見るも憂し

この歌を、若やいだ声で読み上げた。良寛はこの意外な展開についていけなかった。題詠を仕掛けてきたことは理解したが、歌の内容が大胆すぎて頭の中を言葉が駆け巡るばかりだった。

「歌は実体があるのか、空想で読んだのか」さらに「実体があるなら恋の相手は誰なのか」。この疑問は良寛をたじろがせるに十分だった。かろうじて「昔の思い出でも…」とつぶやくと、貞心は良寛の心を見透かすように言った。「まったく実体がないというのではありません。以前から気になってしかたがない人がいます。それは私の柏崎の後援者で良寛様も歌会で一度お会いしている方です」。良寛の頭に、あの時の宗匠頭巾の男がよみがえった。「もちろん、あの方は仏道に関心が高く、後援者として私によくしてくれているだけで、それ以上のものではありません。良寛様のこともよく知っていて尊敬しています」。良寛は目を閉じて無言のままでいた。その様子を上目遣いに見て、貞心は言い過ぎる癖が出てしまったと後悔した。「実際、経典の学びが手につかないなどということはありません。これは歌遊びなので」。あわてて繕った。

再び沈黙の時が流れて気まずい雰囲気になりかけた時、良寛が独り言のようにつぶやいた。「恋はいまだにわからぬ。恋とはとらえどころのないものよ。ただ私にとって、いつも恋は初めての恋」。それから良寛は「ふっ」と微笑んだきり表情を変えなかった。黙しているだけの良寛であるが、背筋が伸び、鼻筋が高く、目元はすっきりしてさながら仙人のようだった。さらにしばしの沈黙はあったが、もう良寛はうろたえていなかった。良寛の中で、次第に気が充実してきたことが貞心にも感じられた。

いかにせむ牛に汗すと思ひしも　恋の重荷を今はつみけり

返しが贈られた。貞心を試すかのような漢詩の知識を織り込んだ歌だった。少し戸惑っている貞心の様子を見て、良寛は満足し温和な顔に戻った。「牛に汗すというのは、汗牛充棟という中国の言葉の略で、たくさんの書物のたとえですよ」。良寛にとっては、貞心の企てに合わせて作った技巧的な歌だったが、貞心への思いから離れているわけではなく、図らずもこうした形で心情を吐露できたことは密かな喜びであった。

季節は冬に入っていた。良寛は、本を読んで明かした若い頃とは異なり、冬の夜の長さ、侘しさを、老いた身にひしひしと感じていた。庵室にこもり埋み火をかきおこしながら、思うことは、幼少から今に至る来し方、父母弟妹、亡き友人との思い出だった。そのような中でも一筋の希望はあった。「春になって塩入峠の雪が解ければ、貞心がやってくるかも知れない」。既に貞心が良寛の大事な弟子であることは、近郷近在知らぬ者のない事実となっていて、貞心が良寛に会いたがっているという情報を入れてくれる人もあった。良寛のひたすらな思いは、貞心から宗匠頭巾の男のことを打ち明けられても、まったく変わることはなかった。慰めは他にもあった。弟の由之から蓮の花の模様をあしらった布団が贈られたことだった。その時の良寛の喜びようは尋常でなく、歌を詠んで感謝したばかりか、蛙をまねて蓮の花に乗ってみせたりもした。

自然の移ろいは人の哀楽とは関係なく確実にやってくる。良寛は春になっても若菜摘みに出ることをためらっていた。体調に不安があった。そんな良寛にうれしい知らせが届いた。与板の山田家に招待されたのだ。山田家は酒造業を営んでいて、町年寄を引き受けるなど与板の名士であった。山田家の主人は良寛よりかなり年下であったが、俳句を能くし良寛の親友であった。良寛は家人や女中たちにも人気があり、とりわけ内儀とは句を詠み合う仲であった。この良寛の与板行きを貞心に教える人がいて、それを聞くと貞心はすぐ与板に向けて出発した。貞心にとっても山田家は以前から出入りしていて、頭の回転が速く太って陽気な内儀とは相性がよかった。賑やかな会合になることを想像しながら信濃川を渡った。

貞心が到着した時、既に座敷は盛り上がっていた。何やら「鰯」とか「蛍」とか符牒めいた単語で互いを呼び、掛け合いをしている様子が見られた。貞心もこのような雰囲気がもともと嫌いではなく、すぐにその場に溶け込むことができた。そのうち内儀が「良寛様は色が黒く、衣も黒いので、今から烏と呼ぶことにしよう」と言い出した。すると良寛は、少しも動じず、「ほう、それはいかにもよく自分に似合った名前だとも」と言いながらしばらく考えて、

いづこへも立ちてを行かむあすよりは　鴉てふ名を人のつくれば

と歌を詠んで披露した。明日良寛がここを立つことを知っていた一座の人は、なるほどと合点が行った。内儀が何か返そうと考えていると、貞心が割って入った。

山がらす里にい行かば子がらすも　いざなひて行け羽弱くとも

これには座がどっと沸いて、「さすが貞心様、さあ良寛様どうする、どうする」の声が止まらなかった。良寛は困ったような、まんざらでもないような顔つきでしばらく想を練った。

いざなひて行かば行かめど人の見て　怪しめみらばいかにしてまし

貞心の甘えたような歌い振りをたしなめるような返歌だったが、まったく不評だった。「弟子の頼みというに何をいまさら」とか、「これは行くしかない」との声が上がった。皆が貞心の返歌を待った。貞心は微笑んで一語一語噛み締めるように詠んだ。

鳶はとび雀はすずめ鷺はさぎ　鴉とからす何か怪しき

これには誰もが感心してしばらくは声を出す者がいなかった。「やあ、これはやられた」。

誰かの声に皆が拍手で応じた。ひとり良寛は返す言葉もなく、しきりに頭を撫でるばかりだった。その後も座は続いたが、日暮れになって良寛から気遣いの歌が贈られた。

いざさらばわれは帰らむ君はここに　いやすくい寝《ね》よはや明日にせむ

良寛は自身が山田家に泊まる予定を変更して、貞心を泊めるよう内儀に頼んだのだ。「二人で泊まればいいのに」。内儀の勧めに顔を赤らめて良寛はあたふたと山田家を後にした。良寛が帰って、山田家に残った貞心に内儀が声をかけた。「先ほどは胸がすっきりしました。良寛様は煮え切らないところがありますからな。いつも私はからかっているのですよ。それにしても貞心さんは大胆なお人ですな。もしや良寛様を好いているのと違いますか」。貞心の飲みかけた茶碗の手が一瞬止まった。「いいえ、そのようなことあろうはずがありませんよ」。「いいや、あったって一向に構わないのよ。良寛様は偉い坊さんだって世間では言うけど、気さくな人ですよ」。貞心の顔を覗き込みながら言った。「そうそう、この前、冗談半分に良寛様の形見が欲しいとねだったら、歌を書いてくれて、弟さんがそれを立派な軸にしてくれましたよ。それがよく意味がわからないので貞心さん見ていただけますか

な」と言って貞心の前に広げられた巻物には、

形見とて何残すらむ春は花　夏ほとゝぎす秋はもみぢば

と書かれてあった。貞心は驚いた。「自分の知らない良寛様の世界があって、こうして豊かな交流がなされている。良寛様を知ったつもりの自分は何だったのか」。同時に軽い嫉妬の心が芽生えたが、それは打ち消して解説を始めた。「これは道元禅師の道歌を元歌にしたものと思われます」「道元禅師の歌は〈春は花夏ほとゝぎす秋は月　冬雪さえてすずしかりけり〉というもので、仏教の教えをわかりやすく説いたものです」。「わかりやすいものかね。余計に回りくどい感じがするね」。「自然のようにあるがままの大切さを教えているのです」。「それが何で形見なのかね。まあいいか、こうして形になっているのだから、それが形見であることは間違いないわけだ。ははは」。

貞心は客間で暖かい布団にくるまったが、なかなか寝付けなかった。「確かにどうして禅の課題をそのまま形見とされるのか私にもわからない」。そのうち、自分が眠ったのか夢を見ているのかわからない状態になった時、波が押し寄せてくるような音に混じって誰かの声が聞こえた気がした。「自然はその時期が来れば自ずと姿を変え、最も美しい姿を見せてくれる。そこには何の作為もない。命の本質はことさら作る必要のないもの。それは人にも本来備わっているもの。それをそのまま受け止めることができれば、常に真実の姿を見つめ続けることができるだろう」。貞心は、はっと我に返った。「そうか、私が自分とは何かを知ろうとして悩んでいると言った時、良寛様が何度も教えてくださった真実はこのことだったのか。初めから判断の基準を自分に置いて物事を考えたり、自分は何かができるはずなどと前置きをつけて自分を考えていては、真の自分は見えてこない。自分の立場を離れ、むしろ自分を忘れることこそ正しい道。形見の歌についても、形見など何もないのが当然。何故なら良寛様の実体は、もはや自然と一体と言えるからだ」。貞心は、またも気づかされた良寛の大きさに、昼間つまらぬ嫉妬心を燃やしたことなどすっかり忘れて眠りに入った。

翌日、山田家の当主が朝日に輝く庭を散歩していると、良寛がやってきた。「あれ良寛様、今日はいい天気ですな。それにしても早起きなことで」。良寛は、「由之のところに泊まったが、よく眠れなかった」と言ってあちこち何かを探すような素振りを見せた。「昨日は盛んでしたな。貞心様ならもうお帰りになりましたよ」と当主が笑いながらからかったら、「え」と言って良寛は気の毒なくらいうろたえた。「冗談、冗談、一緒に朝餉を食べなされ」。

並んで食事をする間、言葉は交わさなかったが、二人は互いに幸せな時をかみしめていた。食事を終えると、貞心が歌を詠んだ。

歌やよまむ手毬やつかむ野にや出む　君がまにまになして遊ばむ

注：君がまにまに→師の心のままに　なして→どうして

貞心は何かが吹っ切れたような気がしていた。この背が高く、鼻筋が通って端正な顔立ちの、それでいて温和な目をし、動作が緩慢な巨人を愛おしく思うようになっていた。

歌もよまむ手毬もつかむ野にも出む　心ひとつをさだめかねつも

それに対して良寛の返しは、本人は正直な気持ちであったが、居合わせた人々からは優柔不断な面を冷やかされる始末であった。遊びは子どもたちが決めた。近所の子どもも誘って、あるだけの手毬と籠を持って、野原に出掛けた。良寛は時の経つのも忘れて、若菜を籠いっぱい摘んだ。

夏に入って良寛は体調を崩した。秋の楽しみに庵室の前庭に植えていた桔梗、女郎花、撫子などの手入れもままならず、はびこるに任せたきりとなった。この夏は特別に暑く、大きな芭蕉の木の下で終日過ごしたこともあった。また、木立の多い近くのお宮に出かけて、蝉の声を聞きながら、吹き抜ける風に吹かれて涼をとったこともあった。由之らの身内は良寛の病状を聞きつけて見舞いに来た。遠く閻魔堂に住む貞心の耳にも噂は聞こえていたが、その前に良寛は、秋には必ず貞心の庵を訪ねるという約束を文にして届けていた。珍しく歌も入っておらず、秋も間近だったため、貞心は返しもせず、いずれ元気な姿にお目にかかれるだろうと良寛の訪れを心待ちにしていた。ところが、身の置き所もなく過ごした夏の勢いが衰えて秋に入っても、良寛の体調は回復しなかった。夏は日照り、秋は長雨とこの年の異常な天候も病状悪化に拍車をかけていた。良寛は貞心に約束したことが果たせないのをしきりに気にするようになった。日に何度か外に出て空を眺め、塩入峠の方を眺めた。ひょっこり貞心が現れるのを期待して。

そしてとうとう秋も半ばを過ぎて文を認めた。それには、体調をくずしていること、安静にしてもう少し様子をみるつもりであるから心配ないことが記されてあり、歌一首が添えてあった。

秋萩の花のさかりもすぎにけり　契りしこともまだとげなくに

約束を違えまいとする良寛の喘ぐような息づかいが感じられて、貞心はすぐ返しの歌を詠んだ。ただ、それを持参するかどうか迷った。「心配ないとは書いてあったが、何か嫌な予感がする。このような返しでいいものか」「いつも元気な師の弱った姿は見たくないものだ。どう声をかけていいのやら」「この夏からの天候異変が災いしたのであろう。天候が安定すれば回復も望めるかも」。悲観と楽観とが頭を駆け巡った。結局貞心は、消息を伝えてくれる人もいることであり、少し様子を見ることとした。

季節はあっという間に冬に入った。貞心の耳に入る良寛の消息は芳しいものではなかった。病が回復に向かう兆しはなかった。最近では、庵室にこもって内から戸を閉ざし、人に会うことも拒んでいるという。貞心はそれを聞いて覚悟を決めた。「普段、快活な師が自ら閉じこもるとは、病はよほど重いのであろう。師はいつか、弥陀の国へ早く行きたいとか、弥陀に会うのが楽しみだとかおっしゃっていた。師のことだから本音だけに、このまま命を縮めてしまうかも知れない。仏道の真の実践者として得難い巨人を、少しでも長く現世に留めなければならない」。貞心は考え抜いた末、消息を尋ねる文の中に歌を加えた。それは叱責にも似た励ましの歌だったが、良寛の心を知る貞心にしか詠めない一首だった。

そのままになほたへしのべ今さらに　しばしの夢をいとふなよ君

貞心は文を託して庵室に戻ると、突然胸に広がった寂寥感に圧倒され、暗い庵室に立ち尽くした。

「しばしの夢か」文を受け取って良寛は、塩入峠の方を見遣った。その夜は雨だった。枕元に聞こえるのは降り続く雨音ばかりの中で、良寛は眠れないまま考えに耽った。「自分は世の中の高い地位や身分など名誉と思わず、仙人のような不老長寿も望んだことはない。日々に新しくなる自然の働きにまかせ、ゆったりと過ごすことだけが願いだった。体や心に生ずる欲望をすべて捨て去らなければ、真の仏道にかなわない。貞心との巡り合いは何かの因縁であろうが、それが何か自分にはわからない。そもそも自分がどこから来てどこへ行くのかさえわからない。ただ、しばしの夢のようなこの生の中でも、時には楽しみ、時には悲しみ、頼り頼られ、教え教えられという営みがあったことは事実。自分の命はそう長いことはないが、この恋はどうなるのか。愛欲として捨て去るに如くは無いが、会いたい気持ちは泉のごとく湧いてきて止まることがない。良寛いまだ仏道修行を究めずか」。

夜も更けて何度目かの寝返りを打ちながら、良寛は昔、五合庵であった出来事を思い出していた。「庵室に忍び込んで私の寝ていた布団を奪った盗人はどうしているかな。あの時は布団しかくれてやるものがなかった」。良寛は寝返りを打って盗人が布団を盗りやすいようにしてやったのだった。「布団がなくなって、朝まで窓の月を眺めておったな。盗人も月までは奪えなかったことだ」。その時、良寛に閃きが走った。「そうだ、会いたいなら会いたいと素直に言うのが、あるがままの自分にふさわしいのではないか。会いたい気持ちを隠そうとしたり、会えないのではないかと心配したりすることは無用である。会って何をしようというわけでもないし、未来はいまだやってこないのだから。今会いたければ今会いたいと言えばよいだけだ。そして、この今も流れて行くのであれば、その時は会いたいと言い続ければよい。これが私にふさわしい恋を全うする道ではないか」。翌日、良寛は体力を振り絞って返歌を詠んだ。

梓弓春になりなば草のいほを　とく出てきませ逢ひたきものを

とうとう良寛は心の声に従って、会いたいと叫ぶことができた。ただ「春になったら」としたのは、「今すぐ会いたい」という本心とは異なったが、死を予感しても貞心を気遣う良寛の限りない優しさであり、これもまたあるがままの心であった。

師走も末の頃、良寛の病状は重くなった。良寛危篤の知らせは由之、遍澄、貞心にすぐ伝わった。驚いた貞心は滞在の準備を調え、すぐ島崎に向かった。途中信濃川の渡し舟から雪の塩入峠を眺め深い感慨にふけった。「良寛様に会うため何度この川を渡ったことか」。貞心には師の最期を看取る覚悟ができていた。

貞心より先に由之が木村家に着いた。「具合はいかがですか。見舞いに来ましたよ」。「ああ、来てくれたのか。だいぶよくなった。今日は長話でもしようか」。良寛は弟由之の訪問を手放しで喜んだ。体に障るのを気にかけてあまり話をしない由之に構わず、良寛は歌を詠んだり、「酒が飲みたい」などと冗談を言ったりして、上機嫌だった。やがて、「会えてよかった。これでこの世に思い残すことは何もないよ」と言いながら目を閉じた。

「貞心さんも来るはずですよ」由之が言うと、良寛は目を閉じたまま頷いた。

雪まみれの貞心が庵室の戸を開けると、由之の介助もなく良寛は背筋を伸ばして座っていた。その姿は、初めてここで師に出会った時と変わりなく見えた。「お久しぶりです。お元気な様子で驚きました。無理はなさらないでください」。一通り挨拶が交わされると、良寛は歌を詠んだ。


いついつと待ちにし人は来たりけり　今はあい見て何か思はむ

会いたいと叫んだ心と呼応する率直な歌だった。貞心は心に響く真っ直ぐな歌に圧倒され、返しを思いつかないまま師を見つめていた。すると、

むさしのの草葉の露のながらひて　ながらひはつる身にしあらねば

とさらに一首を贈られ、貞心は最早涙があふれるのを抑えることができなかった。

やがて駆け付けた遍澄とともに、貞心の介護が始まった。良寛の病状は由之たちが訪れた以降は、坂を転げるように悪化した。というか、あの時は奇跡だったと言うべきなのかも知れなかった。良寛は自ら薬を断ち、飯も断った。「効果がないと諦めてはいけません。このまま体の弱るのを待つおつもりか」。貞心が師の手を摩りながら言った。「だしぬけに断ったというのではない。心と体を楽にしてその時を待つのが一番と思ったのだよ」。貞心は、裏に看護する者たちへの師の気遣いを感じて言葉が見つからず、手を摩り続けた。「歳月は振り向けば瞬時…」。良寛はつぶやきながら眠りに入った。

その後、貞心と遍澄の必死の看護にもかかわらず、良寛は日に日に衰えていった。ある夜、疲れた貞心が庭に出ると、月の光が白く冴え渡っていた。見上げる頬に一筋の涙が自然に流れた。貞心は良寛の死が近いことを悟った。庵に戻ると寝ている良寛の耳に囁くように歌を届けた。

生き死にの境はなれて住む身にも　さらぬ別れのあるぞ悲しき

良寛は深く頷いた。そして貞心が離れようとした時、良寛の唇が動いた。再び顔を近づけ

ると、

裏を見せおもてを見せて散るもみぢ

と聞こえた。句はそこで終わったが、「私はもう逝くよ。これは定めなのだよ。あなたには仏道の真実を私の身をもって示したつもりだよ」と理解した貞心の胸に、師との出会いの四年間が走馬燈のように過り、嗚咽が込み上げるのを抑えることができなかった。

正月も三が日を過ぎると、良寛はほとんど言葉を発しなくなった。ただ一日のうちにも気分の良し悪しがあり、貞心は良寛の気分の良い時には努めて声をかけていた。

来るに似てかへるに似たり沖つ波

良寛にそっと呼びかけてみた。これはかつて柏崎の海を見て、人生も寄せては返す波のようだとした着想であったが、下の句が浮かばず未完成のままであった。良寛は間を置かず苦しい息の下に、

明らかりけり君がことのは

と返した。貞心が漠然と捉えた真実を即座に見抜いてそれを肯定したばかりでなく、貞心のすべてを了とするものでもあった。そしてこれが二人の最後の唱和となった。

天保二年正月六日　良寛遷化　七十四歳

それからの貞心尼

良寛の葬儀には、近郷近在から雲が湧くように参列者が集まり、春まだ浅い雪原の野辺を行く人の列は絶えなかった。貞心は由之らと協力して葬儀の中心的役割を担った。

一連の行事を終えると、貞心は、師と唱和した歌や、散在している師の歌を集めて歌集を作ることを決心した。それは貞心にとって天命と思われた。考え続けてきた「自分は何をなすべきか」の答えはここにあると思った。この活動は四年間続いた。

貞心はこの中で、良寛の肖像画を依頼するため、かつて暮らした小出島村を訪れた。あの時の絵の好きな青年は立派な画家になっていた。

さらに、歌集を編み終えた貞心は、歌集の命名を後援者であるあの宗匠頭巾の男に相談した。その結果、歌集は「蓮の露」と名付けられた。「蓮の露」はその後柏崎に戻った貞心が生涯肌身離さず持っていたため、柏崎大火などの災害をくぐり抜けて今に伝わっている。

貞心は、「恋草」と「汗牛」の唱和を「蓮の露」に入れなかった。その理由は不明である。

念願だった海の見えるまちで地域の人々に慕われ、明治に入って七十五歳で亡くなった貞心の辞世は、「来るに似てかへるに似たり沖つ波　立ち居は風の吹くにまかせて」だった。良寛に上の句を示して以来四十年余、終に下の句を自ら付けて旅立ったのだった。

良寛・貞心尼　史跡巡り

五合庵

郡山発の高速バスは阿賀野川を渡り、津川のあたりに差し掛かった。良寛と貞心尼の史跡を訪ねるべく朝七時に福島市を発って今十時を回った。福島県と新潟県は境を接しているというのに、東北新幹線で大宮まで行き、上越新幹線に乗り換えた方が早いくらいだ。

この津川は江戸時代長く、会津藩の西玄関であった。阿賀野川の舟運が盛んであった頃、会津藩は津川を河港として重要視していた。ここまでは陸路で、この先は阿賀野川の水運を利用して海へとつながっていたわけである。物資の往来は極めて盛んだったらしい。会津藩の領地没収が舟運の衰退にどれほど影響したのか知らないが、現在の国道四十九号のベースになった三方道路が新潟方面へ伸びたのは、明治の中期である。磐越西線が津川の先の新津まで開通したのは大正三年。これで福島・新潟間の陸上交通が整備されたわけだが、その後このルートが大いに賑わうということにはならなかった。ここ百年の歴史は列島の横の連携を衰退させてきた。それでも、東日本大震災により東北本線が不通になった時、関東と東北をつなぐライフラインとしてこのルートが活躍したことは、忘れた過去を思い出させるに十分な出来事だった。

新潟駅から上越新幹線で一駅の燕三条駅でレンタカーを借り、最初の目的地である燕市分水良寛史料館に向かった。ここには良寛本人をはじめ、良寛の親族、弟子、親交者などの遺墨が豊富である。良寛と交流のあった解良家、阿部家などが近く、それらに伝わる遺墨、遺品が集まっている。年数回、展示替えをしているようだが、今回、良寛親族の遺墨を見ることができた。

弟由之はじめ皆達筆で、字の上手は遺伝的なものを思わせる。なかでも良寛の甥、由之の長男馬之助の屏風仕立ての隷書は意外だった。馬之助といえば、代々続く出雲崎の名門橘屋は、長男であった良寛が出家したため、弟由之が跡を継いだのだが、世事に疎く家業の衰退を止められず、馬之助にすべてが託されていた。ところが、その馬之助もまた放蕩息子で、橘屋の凋落は目を覆うばかりになった。ここで有名な「涙のさとし」の話となる。

すなわち、由之の妻から馬之助への意見を頼まれた良寛は、実家に帰ったが、いつまでたっても一言も説教らしいことを言えず、帰り際、草鞋の紐を結んでくれた馬之助の首筋に涙を落して立ち去ったというわけである。

その後、馬之助は心を入れ替えたというが、橘屋の没落を止めることはできなかった。そんな馬之助なので、書が残っているとは思わなかったし、残っていても無法な書であろうと思っていた。ところが、その書は隷書の典型であり、六曲屏風の最初から最後まで全く乱れなく書き切った立派なものだった。少しばかり力量があったとしても自堕落な者に書ける書ではない。馬之助ダメ人間というイメージを覆すに十分な書であった。

他に良寛の親交者の書もあったが、いずれも達筆で個性の明らかな書ばかりであった。ただ、良寛の書はそれらの佳作をはるかに飛び越えて独自の境地を示している。これは見比べれば歴然である。見つめていると、そこにあるのは書ではなく良寛その人であるとさえ思える。思えば良寛に興味を持った原点は書であった。今は故人となったある書家に習って風信帖を書いた時、これは空海というより良寛だと言われたことがあった。そのことがずっと気になって良寛から離れないできた。当時は、初心だからこそ巧まずして出た良寛的な何か、を認めての指摘だったと思う。初心者とはいえなくなった今、良寛を臨書したとして、良寛の自在の境地に近づけるなどとは到底思えない。

あと二つの書画について記しておく。一つは貞心尼の手紙である。貞心尼は、歳の差四十を隔てた良寛の愛弟子である。彼女が、良寛と自身の唱和の歌を中心に、各所に散らばった作品を蒐集整理した「蓮の露」を残してくれたおかげで、今良寛の全体像を知ることができる。貞心尼の書は以前見たことがあり、貞心尼が心血を注いだ「蓮の露」も写真版で見ているが、この蔵雲和尚にあてた手紙が秀逸であると思った。もっとも、前橋に住む蔵雲和尚が良寛詩集を出版するため貞心尼と会ったのは、貞心六十八歳の時というから、「蓮の露」を完成させてから三十年の歳月を経過している。若い頃の書と一概に比較すべきではないが、齢を重ねてより洗練されたような感がある。

もう一つは、良寛の早くからの弟子遍澄の絵だ。細密な描写の山水画で、絵の良し悪しを云々する能力はないものの、一見して優れた作品と思われた。ここで疑問となるのは、貞心尼は良寛の肖像画を遍澄に依頼しなかったのかということである。あるいは依頼するまでもなく遍澄自ら描いていたのかも知れないが、遍澄の描いた良寛なら最も実像に近いことは明らかであろう。何故か貞心尼は良寛の肖像を、貞心尼となる前に住んでいたことのある小出の画家に依頼したという話もある。

史料館に入るとき降ってきた雨は、出るときには止んでいた。ナビが案内してくれるかどうか不安だったので、念のために史料館でもらった地図を頼りに、夕ぐれの岡を目指す。見過ごす可能性があるようなのでゆっくり車を進める。夕ぐれの岡は、山に住んでいた良寛が村々を托鉢して帰るとき、振り返って夕日を眺めたと伝わっている場所だ。ほどなくその地点に到着したが、岡というには格別高い場所でもなく、眺め渡すというようなイメージは湧かない。眼前を信濃川の大河津分水が流れ、その堤防の一角に案内表示や歌碑がある。

大河津分水の通水は大正年間なので、良寛の時代にはなかった。
良寛のこのあたりで詠まれたと思われる漢詩に空盂《くうう》というのがある。

青天寒雁鳴　空山木葉飛　日暮烟村路　独掲空盂帰

注：烟村→かすんでいる村の様子　　空盂→空の鉢

良寛の日常である。惨めな姿をさらしているわけだが、まるで風景の中に自分を溶け込ませた一幅の絵を見せられているようだ。どこかカラッとしていて湿ったところがない。寒雁ということは、渡ってきた雁が冬に羽を休めているのであるから、一帯は田とか沼地だったであろうか。空っぽの鉢の子を掲げて一人庵に帰る状況は少なくなかったに違いない。しかし、大親友の阿部定珍宅は今の川向こうの村にあり、大好きなたばこなど頂いたのであれば、いよいよ山道に差し掛かる地点であることから、一服して至福の境地を満喫した日もあったことは想像に難くない。

夕ぐれの岡の先を右折すると山道に入る。良寛が通った道とは一致しないだろうが、なかなかの急坂である。途中乙子神社へ下る標識を見つけた。予定では五合庵の帰りに立ち寄るはずだったのに突然神社が現れたという具合だ。すぐに分かったことだが、この道は

乙子神社

乙子神社参道で、その一部はまさに良寛が通った道ということになる。乙子神社境内にある草庵は、良寛が五合庵から五十九歳のときに移り住んで、島崎の木村家に移るまでの十年間暮らした場所である。もともとは社務所だったらしく、現在の草庵は昭和六十二年に再建された。神社そのものより新しい。草庵は閉ざされていて中を覗くことはできないが思ったより大きい。

この草庵で阿部定珍と心ゆくまで酒を飲み、歌を詠み交わした後に生まれた歌がある。

月よみの光を待ちて帰りませ　山路は栗のいがの落つれば

定珍が詠んだ「もうしばらくここに留まろう。そのうち月も出ることだろうから」という趣旨の歌に対する返歌ということで、二人の呼吸がぴったり合った唱和であり、良寛の細やかな優しさがきらきら光る歌となっている。今日、境内周辺は杉が林立し、栗が多いとは認められないが、当時麓までの道筋に栗の大木は多かったのであろう。この歌は五合庵時代の作という説もある。定珍との交流は五合庵時代に始まっているが、親友といっても良寛より二十一歳年下であり、良寛が乙子神社に移ったときまだ三十八歳である。五合庵時代としてもその終わりの頃の歌であろうか。

乙子神社で触れないわけにはいかない詩碑がある。「生涯身を立つるに懶《ものう》く」で始まる四十字の漢詩だ。良寛の人生に対する考え方を端的に表現した詩として良寛の代表作とされている。その詩碑は苔むして刻字はよく読めない。安政五年に建てられ、全国に数ある良寛詩歌碑のうち最古のものという。安政五年といえば、日本全体が尊王攘夷に揺れ、安政の大獄が勃発した年である。そのような時代にここ越後では、庶民の営みの中で良寛の詩碑が建立されたわけである。良寛没して二十数年、この詩の後段にあるように「何ぞ知らん名利の塵」の良寛にとっては、生きていたとしても、どちらも関わりない話ではあったろう。

さらに上って五合庵に向かう。五合庵は、燕市分水ビジターサービスセンターの駐車場に車を置いて、朝日山展望台から千眼堂吊り橋を渡って行く。ビジターセンターをのぞいてみると、良寛の書が展示してあった。村人に「自分たちにもわかるものを書いてほしい」と、せがまれて書いたという逸話で有名な「いろは」と「一二三」もあった。もちろん複製である。かなり大きい軸である。大きさも本物と同じなのであろうか。自分が頼まれてこのような大きな空間に向き合うことを想像すると、たった三文字をどう書いたらよいか途方に暮れる。どうあがいても余白に押し潰されてしまうであろう。

センターで地図を頂いて展望台に向かう。展望台からは、八海山や巻機山《まきはたやま》といった越後の名山が遠望できる。明日は雨の予報があってすでに天気は下り坂であったが、かすかにそれと認めることができた。千眼堂吊り橋は、谷底まで三十メートルはあろうか、長さも間違いなく百メートルは超える立派な橋だ。カツカツと板を鳴らしながら渡る気分は、全山紅葉の頃は最高だろう。渡り切ると、ひょっこり五合庵が現れた。実は、今回の旅でこの五合庵だけは、四十年ほど前に一度訪れている。その時、吊り橋はまだなく、この上にある国上寺から下りて来たのだった。当時の記憶は薄いが、ひょっこり現れたその具合が、あのときの記憶を甦らせてくれた。

良寛はこの五合庵に、備中玉島の円通寺で印可を受け、諸国を巡って帰郷した半年後ぐらいに暮らし始め、乙子神社に移るまでの約二十年を暮らしたという。その間の様々な逸話の残る草庵だ。五合庵の解説と句碑がある。解説によると大正三年の再建とあるから、以前、訪れた際に見た庵と同じものを見ているわけだが、今日の方が立派に見える。木漏れ日のあたり加減であろうか。句碑は判読が難しいが、これも解説があって、

焚くほどは風がもてくる落ち葉かな

と知れた。これは、長岡藩主が良寛に寺を持たせようと五合庵までやって来た時に、良寛がこの句を差し出し、婉曲に断ったという逸話のある句だ。すなわち、自分が生きていくにはこの庵で十分という意味である。実話なのであろうが、格好良すぎて疑いたくもなる。このような一世一代の啖呵がすっと出てくるところは、俗人とは別次元に生きているとしか言いようがない。

五合庵で詠まれた句で有名な句がもう一つある。

盗人にとり残されし窓の月

この句には、盗むものもない五合庵に入った盗人に、唯一価値のあったふとんを良寛が寝たふりをして盗らせた後、朝まで月を眺めていたという逸話が付いている。こちらの句碑はないが、良寛でなくては詠めない凄味のある句となっている。

良寛の詩といえば漢詩や和歌がよく知られる中で、俳句は数が少ない。父が俳諧師であったことから影響を受けたことは間違いないであろう。良寛が生まれた出雲崎は、かの芭蕉が奥の細道の旅で「荒海や佐渡によこたふ天の河」の句を詠んだ場所である。この句が詠まれてから七十年余り後に良寛が生まれたのだが、良寛は芭蕉を称える漢詩を作っている。しかも、「是の翁以前　此の翁なく　是の翁以後　此の翁なし」と最大級の賛辞を贈っている。ただ、良寛の生き様を考えると、制約が多く、自らはあまり語らず読み手に想像させることの多い俳句より、より自由度の大きい詩形に魅かれたのであろう。

五合庵を少し下ったところに、良寛が仮住まいをしたことのある本覚院がある。周囲の地形から他に道の開きようもないので、この道は五合庵時代、良寛が麓へ通った道で間違いない。五合庵は標高三百十三メートルの国上山の中腹より下に位置する。上りはきつい箇所もあるが、それほど山奥ということではない。

本覚院には良寛の碑とともに、種田山頭火の句碑があった。「青葉分け行く良寛さまも行かしたろ」である。山頭火・没後五十年供養との説明があった。こうして良寛を尋ねる山頭火が、良寛にどれほど影響を受けていたのか調べたことはないが、山頭火も托鉢をする僧であり、直感的に二人の共通点は多そうな感じがする。山頭火の代表作「うしろすがたのしぐれてゆくか」と良寛の「雨の降る日はあはれなり良寛坊」を比較してみるのもおもしろい。いずれも破調であり、風景に置いた自分を別な自分が見つめている視点が共通している。帰りは良寛も山頭火も通った道を再び上り、国上寺を経由してビジターセンターに戻った。

日本海に出て国道を南下する。寺泊の賑わいを過ぎてしばらく走ると、左手に郷本空庵跡の表示を見つけた。ここは、三十九歳の良寛が故郷越後に帰って、最初に住んだ場所とされている。現在、庵のあった場所は、国道から十メートルの海中の地点と解説にある。

備中玉島の円通寺での修行を終えた後の良寛の行動は、ほとんど明らかになっていないが、いつかの時点で故郷に戻る決心を固めたことは間違いない。円通寺を出たのが三十三歳というから、その後越後に戻るまでの六年間に将来の生き方についての葛藤があったであろう。ある国学者が良寛の住む小屋に一晩泊めてもらった折、扇子に賛を頼んだところ、その最後に、越州の産了寛（良寛）と記されたという。この場所は土佐ということであるが、故郷を離れれば離れるほど自分の故郷が意識されたのであろう。

室生犀星の人口に膾炙された詩に、「ふるさとは遠きにありて思ふもの　そして悲しくうたふもの　よしや　うらぶれて異土の乞食となるとても　帰るところにあるまじや（以下略）」というのがある。良寛が出雲崎を出た同じ年頃に、故郷金沢から上京した犀星である。その後何度か帰郷したが、結局東京で亡くなった。良寛と犀星を比較する意味はないが、この詩を思い出して、良寛も一時はこのような心境になったこともあるのではないかと考えた。

しかし、良寛は故郷に戻った。しかも万感の思いを持って。良寛の和歌に「近江路をすぎて」というのがある。

古里へ行く人あらば言づてむ　今日近江路を我越えにきと

陶淵明の「帰りなん、いざ」といった心境が思い出される。良寛はどうして故郷に帰ったのか。乞食行脚を修行と定めた良寛にとって、どこで生きようと同じはず。望郷の念にかられた。そうなのであろう。すべてを捨て去った良寛であるが、根無し草のように放浪するにはあまりに優しかった。良くも悪しくも自分を育ててくれた故郷で、仏道を歩もうと考えたのではないか。自分をつくっている根底に故郷がある。これは捨てようがない。

ただ実際は、生まれ故郷の出雲崎を素通りしてこの郷本海岸に落ち着いた。出雲崎から郷本海岸は、十キロ以上離れている。出雲崎を素通りした理由は分からない。実はここまで帰るにも真っ直ぐ帰ったわけではなく、途中病気になったり、遠回りをしたりと良寛研究の格好な対象となる行動がみられる。出家の許しを父から得た時、「世を捨てし　捨てがひなしと　世の人に　言はるるなゆめ」と、言われたと長歌に残しているが、そのことが心に引っかかっていたか。父は既に亡くなっていたが、世間の目から見れば、立派どころか落ちぶれ果てて帰ってきたわけで、行脚修行に一筋の道を見いだしつつあったとはいえ、出雲崎は気後れする土地であったのかも知れない。

ともあれ、この郷本海岸も佐渡が見えることに変わりはなく、良寛にとっては帰郷を果たしたといっていいのであろう。この庵に良寛は半年暮らしたという。良寛が良寛となるのは、この後のことである。

佐渡ヶ島を望む良寛座像

南下してその出雲崎に向かう。海沿いに良寛堂の駐車場があった。以前、出雲崎を見下ろす高台にある夕日の丘公園から良寛堂を眺めたことがあった。その時は駐車場の存在がわからず、時間もなかったため、良寛堂には立ち寄っていない。良寛堂は良寛の生家橘屋の屋敷跡に建っている。駐車場から上ると、まず良寛座像と目を合わすことになる。良寛座像は母の故郷である佐渡ヶ島を向いている。

たらちねの母が形見と朝夕に　佐渡の島べをうち見つるかも

と詠んだことを踏まえている。見上げる形で対面するせいもあるが、その存在感は半端でない。写真で見たその眼の優しさと実像は異なって、全身に厳しさが漂っているように感じられた。良寛堂は、佐渡ヶ島を背景に、日本海に浮かぶ浮御堂の形をとったもので、安田靫彦画伯の設計、大正十一年建立とある。往時この倍以上の屋敷があった橘屋は、没落し、あげくは所払いとなり、一旦は出雲崎から消えた。長男であった良寛はその端緒となったわけだが、こうして再び屋敷跡に史跡を構える形で復活を遂げていることを思うと、見事な帰郷と言えなくもない。

帰り際、良寛が父から「親を睨むとカレイになるぞ」と言われたのを真に受け、海辺の岩陰に隠れていたのを母が探しに来た時、「俺まだカレイになっていないか」と尋ねたという逸話の残る海岸を、良寛様と並んでもう一度眺めた。

車はやけに広くて真っすぐな道路を進んでいる。原子力発電所のある刈羽村だ。宿を予約している柏崎市に囲まれるように村がある。出雲崎を出た頃から降ってきた雨が激しくなり、ワイパーを使いながらの走行となった。この雨で柏崎のソフィアセンター行きの心が少し揺らいだ。ソフィアセンターには「蓮の露」がある。見ることができるのはレプリカだが、それでも貞心が常に懐に入れていて、柏崎大火を免れたというその実物大のものを感じてみたいと思った。閉館時間が通常五時として、急げば間に合う時間ではあったが、手続きに手間取ったりするのではないかなどと心配した結果、結局、宿に直行した。このことが後で悔やまれることとなった。ソフィアセンターの閉館は午後七時だった。翌朝は九時半からでスケジュールに合わず、結局「蓮の露」は手に取ることができなかった。この旅の目的の一つは、良寛を看取った四十歳年下の尼僧が愛して已まなかった柏崎の海を見、所縁の地を尋ねて彼女を身近に感じることだった。その一端が調査不足と優柔不断のせいで崩れたのは残念だった。

雨が激しく降る中、番神岬近くの海の見える宿に着いた。この辺りは、海のない長岡に生まれた彼女が、貞心尼になるずっと前の十二歳の頃、初めて念願だった海を見て、「このような海の見えるところに住んで、好きな本を読んで暮らしたい」と願ったと伝えられている所だ。貞心尼はその願いどおり、「蓮の露」を三十八歳で編集し終えて後、柏崎に移り住んで、明治五年に七十五歳で亡くなるまで他所に移ることはなかった。

宿の窓から日が落ちるまで海を見つめた。自分にとって海を長く見続けることは苦痛に近い。目の前の遊歩道を通る犬連れ人や部活を終えた中学生に関心が移ってしまう。貞心尼が海を見て一生抱き続けるほどの感動を得たのは、どういう心だったのか。風景が人生に与える示唆とはどういうものなのか。高い山に登頂を果たした時に涙することがあると聞く。それと同種の感動なのであろうか。

以前、海に感動する貞心なので、海のように心の広い良寛に魅かれたのではないかと想像したことがあったが、現実の男女の関係はそのように単純図式的な話ではないだろう。貞心は海に対して畏敬の念を抱いていたのかも知れない。貞心の歌集の「もしほ草」には五百首以上収録されているが、海に関した歌はほとんどない。歌の題材に取り上げる対象というより崇める対象だったのではないか。これに対し良寛は、海について明確な意識を持っていた。すなわち、

古へに変はらぬものは荒磯海と　向かひに見ゆる佐渡の島なり

である。

貞心に海の歌がないと言ったが、実は極め付きの歌があった。辞世とされる

来るに似てかへるに似たり沖つ波　立ち居は風の吹くにまかせて

だ。この歌の前段は、良寛との最後のやり取りとして、貞心が良寛に呼びかけたものである。それに対し良寛は、「明らかりけり君がことのは」と応えたと「蓮の露」にある。これを後段に据えては歌としての意味が通らない。良寛は、「歌はもういいよ。あなたの言わんとすることは分かった。すべて了解」という心を直接伝えたかったのであろう。貞心は、その後も海を見続けてなお前段を変えず、辞世にあたって自分の人生をオーバーラップさせた後段を付け、見事に一首を完成させた。

天気予報が当たって朝から雨が降っている。洞雲寺にある貞心尼の墓には是が非でも詣でなければならない。昨年、「蓮の露」を基に勝手な想像を加えて一つの物語を書かせてもらったからだ。その御礼を言わなければならない。ナビに頼り洞雲寺周辺に着く。参道に侵入すると右奥に駐車スペースがあった。朝早いことをいいことに住職に断りなく貞心尼の墓に向かう。墓は山の斜面を利用した墓地の最上部にあった。周囲は比較的新しい墓なので、ずっとぽつんと建っていたのだろうか。墓石の写真は見ていたので「あ　これだ」とすぐ認めたが、実際辿り着いたのだと思うと何か懐かしい気分に駆られた。墓石には二

貞心尼の墓

人の弟子の名とともにあの辞世の歌が刻まれている。美人だったといわれる貞心尼の立ち姿を思わせるような、上部が少しせり出した形の墓石に、傘を差し掛けるようにして、勝手な創作をしたことを詫び、洞雲寺を後にした。

計画ではソフィアセンターに駐車し、貞心尼所縁の釈迦堂跡、不求庵跡などを巡る予定であったが、終の住処となった不求庵跡を訪ねただけだった。不求庵は、それまで住んでいた釈迦堂が柏崎大火で焼失したため、貞心の外護者で歌友でもあった山田静里が施主となってプレゼントしたものである。山田翁は「蓮の露」の名付け親でもあるという。貞心尼は、この少し年上の翁に何かと相談することが多く、長く親密な交流があったらしい。

町のあちこちにあるという貞心尼の歌碑も見ずに柏崎を後にするのは心残りではあったが、貞心尼が今もこの町で大切にされていることを確信して、雨が強くなる中、次の目的地、与板に向かった。

与板は、良寛の父の出身地で、良寛も幼い頃から何度も訪れている土地だ。豪商の三輪家、山田家との親交も深い。良寛が六十九歳で乙子神社から与板の隣の島崎村の木村家に移った頃は、弟由之もこの町に隠棲していて、境にある塩入峠を越えて往来が頻繁にあった。

良寛が島崎に移ったことを知った貞心尼は、与板の南東、直線距離にして十キロ位離れた庵に住んで、間に流れる信濃川を渡し舟で越えて、島崎やこの与板で良寛に会っていたということである。

長岡市与板支所に車を置いて、傘をさして与板のまちに出る。メインの通りは両側とも、雁木という庇《ひさし》を通りに張り出したような構造物が連なっているため、傘は不要であった。積雪時の歩道確保なのであろう。どれだけ雪が積もるのか、想像もできない。どこまでも通りは続くが、町は静まり返っている。それはこの雁木に覆われた印象からくるばかりでなく、現実に活気が乏しいことは否めない。ただ、直江兼続らの居城があった城下町の伝統が今でも町の底力となっているのか、衰退したというより、じっと息をひそめているといった趣きも感じられる。

三輪家などの船着き場があった辺りの対岸の河川緑地が良寛歌碑公園となっている。そこには良寛にまつわる詩歌碑が十数基並んでいる。その中に、

わがこひ（恋）はふくべでどぢゃう（泥鰌）をおすごとし

という俳句があった。こんな句を作っていたとは知らなかった。良寛の恋の噂は意外に少なくない。芸者、豪商の女中、幼馴染の尼僧、そして貞心尼など。中には、身を案ずるような手紙を届けた相手もいたのである。ただ、告白とされるような決定的な歌や手紙は残していない。自分でもあれこれ想像していたが、この句に出会って疑問は氷解した。この句が作られたのは、叔母の嫁ぎ先であるこの町の蓮正寺に遊びに来た時というから、修行

に出る前の頃であろう。良寛のことだから、生涯を通して新しい恋に出会うたびこのような思いを繰り返したことであろう。思わず微笑みたくなる句ではある。
ここまで書いては、貞心尼と良寛が詠み交わした「恋は学問を妨ぐ」に触れなければならない。この唱和は朝方訪れた洞雲寺に碑が残っている。

いかにせむ学びの道も恋草の　しげりて今はふみ見るもうし

と貞心が詠めば、

いかにせむ牛に汗すと思ひしも　恋の重荷を今はつみけり

と良寛が応じたとされるものである。「恋煩いで、もう書物を読む気になれません」という貞心に、「私も牛が汗をかくほどの書物を読もうとしたが、今は恋の重荷を積んでいることよ」と唱和したということであれば、これはまさに恋の歌、しかもこれに勝るものはないと言っていいくらい熱い歌だ。

しかし、これらは、「蓮の露」を世に紹介した相馬御風によると、良寛が幾人かの前で万葉集の歌物語をした際に、その中にあった「恋草」を題に詠まれた戯作であり、実際の恋心を詠んだものではないという。けだし正解であろう。良寛にとっては泥鰌を押している方がふさわしい気がするのである。貞心はこの唱和を「蓮の露」に入れていない。また、本人の歌集にも残していない。

信濃川を渡る前に良寛終焉の地である島崎方面への分かれ道があった。島崎は昨年訪問し、木村家庵室跡を見、良寛の墓に参った。良寛の里美術館では遺墨も見た。今回時間が許せば、その途中にある、貞心尼らが難儀して越えた塩入峠に足を踏み入れてみたかったが、雨も止まず、時間もないため、川を渡り広域農道らしき真っ直ぐな道を燕三条に向かった。

レンタカーを返し、燕三条駅の燕市側に出てみた。ここには良寛と子どもたちの像があるはずだ。その像は、広い駅前広場の中央付近に客待ちのタクシーに囲まれるように建っていた。像のすぐ先には高速道路の高架橋が横切っていて、良寛が子どもたちと遊ぼうとするのを邪魔しているかのようだ。突然「やはり野に置け蓮華草」という句を思い出した。ホームに上がるまで、頭の中をこの部分だけが駆け巡ったが、作者と上五はとうとう思い出せなかった。

渋谷ひとし（しぶや　ひとし）
昭和24年　福島県に生まれる　本名　渋谷　均
昭和47年　福島県職員となり37年間勤務、この間生涯学習、
文化事業等を担当し、平成21年に退職する

良寛 貞心尼　こころの唱和
二〇一九年一〇月一日　発行
著　者　渋谷ひとし
発行者　柳本和貴
発行所　株式会社　考古堂書店
〒九五一－八〇六三　新潟市中央区古町通四
電話　〇二五－二二九－四〇五八（出版部）
振替　〇〇六一〇－八－一二三八〇
印刷＝ウィザップ

ISBN978-4-87499-880-9　C0093